文學研究叢書・現代文學叢刊

遙遠的交談
現代中文文學研究論叢

李京珮 著

自序

　　我常在研究室讀書工作，安靜而忙碌的生活中，喜歡動漫的光影變換和推理劇的刺激躍動，隨時切換節奏，調整腳步。我的研究以現代散文、現代文學報刊為主，持續在這些方面有所思考、反省與推進。

　　近年的論文，曾發表於《成大中文學報》、《民國文學與文化研究集刊》等刊物，修改增補，成為這本小書。這些文章，有隱然相關的聯繫。〈說自己的話：《莽原》文人群的書寫策略〉為科技部計畫成果。作家經營同人刊物，刊物凝聚社群，文人群體有共同的文化使命感，進行文明批評與社會批評，彰顯審美趣味。作者的文學活動與當時社會現象、文學思潮互涉，創作和翻譯連結文學觀、實踐藝術追求與文化想像，形塑相近的精神品格與文學風格。聚焦於創作實績，將作家之間的審美意識和互動形式，稍加連綴，可以論述其重要性與典型性，歸結出《莽原》文人群的書寫策略及其意義。〈周作人一九二〇年代中期的日本觀〉，多方蒐集史料，比對周作人如何反思中國的社會變遷，以知識分子的使命感，用超越政治的文學視角解讀日本，徘徊於文化的知日和政治的排日之間，呈現複雜的情感與精神選擇。〈新月再升：一九四九年前後的《西瀅閒話》〉，梳理不同時期版本，

此書從上個世紀二〇年代貫穿一九四九年來到六〇年代及其後，仍有表述空間。戒嚴時期的臺灣，對五四作家作品的傳播與接受，充滿禁忌與遮蔽，是文學傳統和文學記憶的斷裂。《西瀅閒話》在臺灣，深入探究與比較文本與時代對話性，讀者眺望當時的文學環境，開展「民國」的新氣象與新想像。此外，關於臺灣文學的〈許達然散文的作品精神與藝術風格〉，回溯許達然四十年的書寫歷程，以冷靜的語言和熱情的心靈看待外在世界變遷，透顯創作對群體的責任感，討論他由個人情思的書寫轉變到關懷臺灣社會與人文現象，展現散文書寫策略的蛻變與創新。

　　林文月教授〈無聲的交談〉曾說，寫文章本是寂寞事，除非文字因緣結交到陌生的知音，作者如同向陌生人進行無限的交談，雖然無須發出些微音聲，交談卻可以無遠弗屆。當我重新閱讀、分析和闡釋，彷彿也和那些曾經執筆疾書的作家，進行遙遠的交談。

　　感謝許多師長和前輩的提攜與關懷。學習的路很長，而我正要出發。

2024年7月寫於成大

目次

自序 ………………………………………………………… 1

說自己的話：《莽原》文人群的書寫策略 ……… 1

  一　前言 ………………………………………………… 1

  二　率性而言，憑心立論：《莽原》文人群的
　　　文明批評 ……………………………………………… 4

  三　忠於現世，望彼將來：《莽原》文人群的
　　　社會批評 …………………………………………… 11

  四　破毀舊時代，創造新時代：《莽原》文人
　　　群的小說創作 ……………………………………… 19

  五　結語 ……………………………………………… 28

  參考文獻 ……………………………………………… 31

周作人1920年代中期的日本觀 …………………… 41

  一　前言 ……………………………………………… 41

  二　文化的「知日」 ………………………………… 45

  三　政治的「排日」 ………………………………… 55

  四　結語 ……………………………………………… 75

  參考文獻 ……………………………………………… 78

新月再升：1949年前後的《西瀅閒話》 ……… 81

    一 前言 ……………………………………… 81
    二 知識分子的角色 ………………………… 84
    三 知識分子的人文關懷 …………………… 92
    四 從「閒話」專欄到《西瀅閒話》 ……… 98
    五 結語 ……………………………………… 109
    參考文獻 ……………………………………… 113

許達然散文的作品精神與藝術風格 ……… 115

    一 前言 ……………………………………… 115
    二 作品精神 ………………………………… 116
    三 藝術風格 ………………………………… 125
    四 結語 ……………………………………… 135
    參考文獻 ……………………………………… 137

說自己的話：《莽原》文人群的書寫策略

一 前言

　　1920年代中後期，北京的作家以期刊為中心，形成志同道合的創作群體。懷抱自由言論的知識者，以固定的刊物為媒介形成群體；刊物作為輿論空間的獨立品格，得到充分的展示。[1]作家透過組織社群、出版刊物，開闢話語陣地，以集體的力量，影響文學的閱讀與書寫模式。

　　1925年，魯迅（周樹人，1881-1936）受邵飄萍（1886-1926）邀請，編印《莽原》週刊隨《京報》附送，4月20日至11月27日共有32期，因《京報》停止副刊之外附送的刊物而終止。魯迅在《莽原》出版預告，期許新刊物「率性而言，憑心立論；忠於現世，望彼將來」[2]。週刊多登載散文，主要撰稿者有魯迅、高長虹（1898-1954）、荊有麟（1903-1951）、景宋（許廣平，1898-1968）、李霽野（1904-1997）等。莽原

1　顏浩：〈導言：輿論環境的構建與文人團體的形成〉，《北京的輿論環境與文人團體：1920-1928》（北京：北京大學出版社，2008年），頁1-12。
2　魯迅：〈《莽原》出版預告〉，《魯迅全集》8卷（北京：人民文學出版社，2005年），頁472。

社成立於1925年4月,成員有魯迅、高長虹、荊有麟、向培良(1905-1959)等。[3]週刊1926年改為半月刊(1926年1月10日－1927年12月25日),魯迅主編,篇幅增加,登載更多小說,主要作者有朋其(黃鵬基,1901-1952)、尚鉞(1902-1982)、臺靜農(1902-1990)等。創刊號版權頁的發行地點為「未名社刊物經售處」[4],魯迅1926年8月從北京到廈門任教,由韋素園(1902-1932)接編[5],莽原社內部發生衝突後[6],《莽原》半月刊完全成為未名社的刊物了。未名社成立於1925年8月,成員是魯迅、李霽野、臺靜農、韋素園、韋叢蕪(1905-1978)、曹靖華(1897-1987)。[7]《莽原》半月刊共2

---

[3] 范泉主編:〈莽原社〉,《中國現代文學社團流派辭典》(上海:上海書店,1993年),頁424。1925年4月11日,魯迅和向培良、高長虹、荊有麟、章衣萍(1902-1947)等舉行酒會,同月24日《莽原》週刊誕生,該社並無組織章程。

[4] 編者:〈本刊啟事〉,《莽原》半月刊1期(1926年1月10日),頁41。內容為「本刊由未名社刊物經售處負責發行,以前的莽原週刊發行訂閱手續概歸北新書局清理。」《莽原》週刊為報紙形式,以版次標示。《莽原》半月刊則以頁碼標示。

[5] 荊有麟:〈《莽原》時代〉,收入魯迅博物館編:《魯迅回憶錄》上冊(北京:北京出版社,1999年),頁199-205。出自《魯迅回憶斷片》,據1943年11月上海雜誌公司版排印。他回憶魯迅創辦新刊物,付出可怕的精力,亦同時供稿給《語絲》、《京報副刊》,出版譯作《出了象牙之塔》、《小約翰》等。他的說法可作為莽原社、未名社和刊物之間人事紛爭的參考資料。

[6] 魯迅:〈所謂「思想界先驅者」魯迅啟事〉,《莽原》半月刊23期(1926年12月10日),頁963-964。他提到《莽原》稿件皆以個人名義投稿。主要糾葛是向培良的獨幕劇本即將出版,韋素園便未刊登稿件,引發高長虹、尚鉞等人不滿,在《狂飆》週刊發文攻擊。

[7] 范泉主編:〈未名社〉,《中國現代文學社團流派辭典》,頁166。

卷26期結束後,未名社發行了以翻譯為主的《未名》半月刊（1928年1月10日－1930年4月28日）[8]。莽原與未名兩社皆無嚴格的社團組織形式[9],成員之間的文學交集,建立在《莽原》的投稿活動上[10],社團與刊物的關係無法一刀劃清。

在北京的文學場域中,如果將《莽原》的主要作者視為一個文人群體,共同經營的刊物為文人群體表述自我提供了載體,他們以什麼樣的書寫策略,展現具有群體性的文學風格?文學場域與權力場域的交互關係,涉及作家在場域中占據的相對關係與定位、作家生存心態的實踐在場域中發生的作用與影響。[11]本文將以《莽原》文人群為中心,以《莽原》週刊與半月刊為範圍,考察文人群體與文學生產的發展脈絡,論述《莽原》文人群的書寫策略及其意義。

---

[8] 魯迅:〈19290927致李霽野〉,《魯迅全集》11卷,頁686。李曾建議將刊物遷到上海,改為《未名月刊》,魯迅自認不善經營事務,擔心京滬遞稿件往返費時並不贊成,因此編務由韋素園、李霽野負責。

[9] 湯逸中:〈前言〉,《曠野的聲音:莽原社作品選》(上海:華東師範大學出版社,1996年),頁2-6。

[10] 〔日〕菱沼透:〈未名社の人びと——魯迅の下に集まった青年たち（1）〉,《中國研究月報》381期（1979年11月）,頁43-47。

[11] 高宣揚:〈第五章 場域與社會結構動力學〉,《布迪厄的社會理論》(上海:同濟大學出版社,2004年),頁138-141。

二　率性而言，憑心立論：《莽原》文人群的文明批評

（一）召喚青年

　　《莽原》是魯迅第一次和青年人合作，主編的重要刊物。[12]魯迅和莽原社、未名社成員有頻繁的聯繫：高長虹在《莽原》週刊發行期間，到他的寓所拜訪五十次以上[13]；他與安徽籍青年李霽野、臺靜農等也有密集互動[14]，時常見面或通信細心指導。文學場域的世界遵循的是自己的一套運作與變形法則，爭奪正當性的諸多個人與眾家團體都占據了各自的位置，先建構出場域，才能建構社會軌跡，也就是在場域中被占據的一系列位置。[15]《京報》作為《莽原》週刊的出版單位，報社的經濟力量是刊物的經濟資本。年輕作者在魯迅的鼓勵之下，創作得到許多發表的機會，增加了文化資本，在文學場域中，從個人到群體，提高了能見度，獲得發

12　董大中：〈四月〉，《1925年魯迅日記箋釋》（臺北：秀威資訊科技公司，2007年），頁115。
13　廖久明：〈第一章　主將與副將的會合〉，《高長虹與魯迅及許廣平》（北京：東方出版社，2005年），頁19。
14　李霽野：〈記「未名社」〉，收入黃源編：《懷念魯迅先生》（上海：新文藝出版社，1956年），頁12。魯迅在北京世界語學校任教時的安徽籍學生張目寒（1902-1980），1924年9月曾代同鄉友人李霽野求教翻譯技巧，其後臺靜農、韋素園、韋叢蕪等先後與魯迅相識。
15　〔法〕皮耶・布赫迪厄（Pierre-Félix Bourdieu）著，石武耕等譯：〈作者的觀點：文化生產場域的幾個普遍特性〉，《藝術的法則：文學場域的生成與結構》（臺北：典藏藝術家庭，2016年），頁335。

言的位置。魯迅重視文人群體的內核、獨立人格的個體精神，關注刊物的整體語境。他作為知名作家、大學教授，對於未名社和莽原社「青年」作者充滿期望，更將希望寄託在抽象的「青年」群體身上。〈編完寫起〉以具體的長城意象，指出歷代的統治者，用新磚、舊有的古磚來造城壁，仍然阻擋不了胡人，這隱喻中國數千年封建思想的長城將人們包圍。他鼓勵青年撕去舊社會的假面，勇敢發聲：

> 要前進的青年們大抵想尋求一個導師。然而我敢說：他們將永遠尋不到。尋不到倒是運氣，自知的謝不敏，自許的果真識路嗎？凡自以為識路者，總過了「而立」之年，灰色可掬了，老態可掬了，圓穩而已，自己卻誤以為識路。[16]

他以樸素的語言、簡單的譬喻，反思封建制度對青年的壓迫與束縛。〈燈下漫筆〉由歷史現象和日常生活，看封建禮教讓人們有大小、上下之別，深化發揮「吃人」以及國民劣根性的問題，也呼應了〈狂人日記〉的論述。他寄望青年實踐創造的使命：

> 所謂中國的文明者，其實不過是安排給闊人享用的人肉的筵宴。所謂中國者，其實不過是安排這人肉的筵宴的廚房。……這人肉的筵宴現在還排著，有許多人

---

16 魯迅：〈編完寫起〉，《莽原》週刊4期（1925年5月15日），第15版。

還想一直排下去。掃蕩這些食人者,掀掉這宴席,毀壞這廚房,則是現在的青年的使命![17]

中國人變成奴隸,苟活著還萬分歡喜,中國的歷史是「想作奴隸而不得」、「暫時做穩奴隸」兩種時代的交替。從遠古到近代,受到奴役的人們被人吃,也可以吃別人,一級一級的制馭著,不能動彈,也不想動彈了。他站在時代的高度、歷史與現實的聯繫,剖析奴性心理的危害。他對歷史的評判標準是:人民是否獲得了作為「人」起碼的「人性」的權利。

魯迅在《莽原》找到了一種書寫方式的轉變與自覺[18],甚至以雜文形式表現「創作」即「批評」的特徵。[19]「朝花夕拾」系列的〈二十四孝圖〉[20],從人們讀書的境況入手,從「郭巨埋兒」的孝行談到冥界的賞善罰惡,不像現實世界有人標榜「公理」自命為「導師」,置反對者於死地,提倡言行一致,卻以流言傷害別人。[21]〈父親的病〉[22]根據自己

---

17 魯迅:〈燈下漫筆(二)〉,《莽原》週刊5期(1925年5月22日),第5版。
18 張旭東:〈雜文的自覺:魯迅過渡期寫作的現代性與語言政治(上)〉,《文藝理論與批評》2009年1期(2009年1月),頁42。
19 陳方競:〈魯迅與中國現代文學批評〉,《魯迅與中國現代文學批評》(北京:北京大學出版社,2011年),頁4-5、73。論者認為,魯迅五四時期主要通過小說影響了中國現代文學的產生,五四後明顯轉向以社會批評和文明批評為主的雜文創作。雜文的一個主要內容就是結合社會批評和文明批評展開的文學批評。
20 魯迅:〈二十四孝圖〉,《莽原》半月刊10期(1926年5月25日),頁412-421。
21 魏洪丘:〈二十四孝圖〉,《魯迅《朝花夕拾》研究》(北京:中國言實出版社,2014年),頁76-84。

青年時代的經驗,回憶中醫的藥方千奇百怪,例如原配的蟋蟀一對,彷彿昆蟲也要貞節,如果再婚就連作藥的資格也喪失了。父親臨終前,自己竟接受長輩的指示大聲叫魂,打擾他最後一刻的寧靜。魯迅揭露打著人性旗號的「美德」、愚孝的虛偽,連結迷信給人帶來的痛苦,張揚真實的人性。他的摸索把握屬於自己的現實感覺的意識,將批判現實的位置,根植在超越性的視角上。[23]《莽原》的經營方向,是期許「中國的青年站出來,對於中國的社會,文明,都毫無忌憚的加以批評」[24]。魯迅呼籲青年不需要尋找導師:

> 青年又何需要尋那掛著金字招牌的導師呢?不如尋朋友,聯合起來,同向著似乎可以生存的方向去問什麼荊棘塞途的老路,尋什麼烏煙瘴氣的鳥導師![25]

他也曾說:「中國大概很有些青年的前輩和導師,但那不是我,我也不相信他們。」[26]。魯迅將「召喚青年」當作自己

---

22 魯迅:〈父親的病〉,《莽原》半月刊21期(1926年11月10日),頁856-864。
23 程凱:〈第三章 1925、1926年北京新文化言論界:再造「思想革命」的起點與終點〉,《革命的張力:大革命前後新文學知識分子的歷史處境與思想探求(1924-1930)》(北京:北京大學出版社,2014年),頁100-103。
24 魯迅:〈《華蓋集》題記〉,《莽原》半月刊2期(1926年1月25日),頁43。
25 魯迅:〈編完寫起〉,《莽原》週刊4期(1925年5月15日),第15版。
26 魯迅:〈寫在「墳」後面〉,《語絲》108期(1926年12月4日),頁16。《語絲》1-80期以版次標註,81期起改版,以頁碼標註。

的使命,和年輕的作者在共同經營的話語陣地上,率性而言、憑心立論,將改變思想視為青年的第一要務,解除思想禁錮。他並不扮演「導師」[27],期許和「青年」形成共同的群體,共同擔當文明批評的責任。

(二)青年覺醒

《莽原》文人群以青年覺醒的姿態,對於現實中有礙民族生存和發展的種種弊端,進行文明批評,回望歷史、展望將來,傳遞生存的緊張與創作的焦慮感。高長虹〈中國與文學〉說:「號稱精神文明國的中國,打敗仗,受外人欺負,或者有可以原諒的地方,誰能夠拿一本《孝經》去退敵呢?」[28]他認為中國沒有能夠賞鑒文學的群眾,讀者把古書當作娛樂或挖掘別人隱私,文學對國民精神的影響力很薄弱,更不能期待古代的忠孝節義能拯救青年。尚鉞〈忠誠的奴隸〉[29]塑造一名飢餓的青年,怕被熟人看見自己購買廉價的點心。他虛擬手、肚子、腿、心的對話,揭示人們往往為了面子,意志薄弱,說出虛偽的話、作出不合理的舉動。黃鵬基〈狂言〉[30]同樣以青年的「我」反覆扣問,中國人究竟會不會思考「怎麼樣」,打倒或不打倒軍閥、當奴隸或不當奴隸,是罪惡或者不罪惡?永遠不能評論人或事的功過,只

---

27 姜濤:〈第六章 教訓與反教訓〉,《公寓裡的塔:1920年代中國的文學與青年》(北京:北京大學出版社,2016年),頁255-261。
28 長虹:〈中國與文學〉,《莽原》週刊6期(1925年5月29日),第6版。
29 尚鉞:〈忠誠的奴隸〉,《莽原》週刊6期(1925年5月29日),第6版。
30 黃鵬基:〈狂言〉,《莽原》週刊32期(1925年11月27日),第2-3版。

能「狂言」。自問自答的句式，勾勒中國人面對任何事情都試圖溫和，恐懼面對現實，諷刺了拒絕思考者的游移與猶疑。

許廣平〈酒癮〉[31]以寓言手法，述說「我」是一隻鴨子，經歷過輪迴投入畜道的靈魂，降到漆黑污濁的地獄，掙扎哭泣，在徬徨中誕生成為人類。青年的「我」在人世間，一生發出光和熱，無拘束的笑罵、咆哮、怒目、謳歌，打破悶人的空氣。下一次經歷輪迴之前，作時代的反叛者，才不枉費到人世走一遭。〈懷疑〉[32]則引用魯迅在前一期說「青年」可以「尋朋友，聯合起來，同向著似乎可以生存的方向走」的話，她說聰明人的本領是置身事外，等社會國家改良了才會揖讓而起，大抒抱負。她肯定「青年」是傻子，願意為爭取國恥紀念而流血，願意冒險、坐監獄，以卵擊石，中國的聰明人太多，而青年傻子卻太少。〈內幕之一部〉[33]批評媒體誇大報導五卅之後各地捐款踴躍、示威運動憤激，號稱要罷工罷市的群眾，卻選在端午節假日罷工，兼顧生計和「愛國」的口號。領導群眾的知識階層往往為私利互相攻擊，這只會讓被領導的群眾疑惑和恐懼，彰顯階級差異的矛盾。

向培良〈悲劇在我們的民族裡〉[34]隱然呼應了許廣平的說法，描述中國人聰明機伶，「聰明人」太多，用陰險巧妙

---

31 景宋：〈酒癮〉，《莽原》週刊9期（1925年6月19日），第5版。
32 景宋：〈懷疑〉，《莽原》週刊5期（1925年5月22日），第6版。
33 景宋：〈內幕之一部〉，《莽原》週刊11期（1925年7月3日），第4-5版。
34 培良：〈檳榔集　第三　悲劇在我們的民族裡〉，《莽原》週刊5期（1925年5月22日），第6-7版。

的方法取得地位。〈買窩頭有感〉[35]、〈聰明與天才〉[36]，他感慨知識階層只是一群穿長衫的動物，受權力階級豢養。無產階級受到蔑視與虐待，不得不承認知識階層的優異權力，於是敬而遠之，伺機報復。他認為受教育的青年不該以高傲態度自居為知識階層試圖開化群眾，應該真正的走入民間。李霽野〈樂觀主義〉[37]、〈反表現主義〉[38]，以青年的視角，探討人們時常表面樂觀、拒絕面對現實，以為不看不聽就能安居樂業。對照西方各國，這樣的中國人既不英勇也不自由，更遑論幽默或活潑。中國的男女情感，往往被道德和名分壓抑。學者和名流也被「反表現」的精神籠罩，導致中國無法進步，整個民族如果遇到任何危難，立刻如同烏龜，縮進殼內躲避。青年的思想和感情的壓抑，是最可怕的事。《莽原》文人群的文明批評，勇於面對中國病態的文明狀態，綜觀歷史，對國民精神的奴性和虛偽展開批判，建立自我認同。他們展現「青年」經歷由傳統到現代的過渡，如何在處境轉變的時候，尋找安身立命的方法。面對歷史裂變時，他們率性而言，抨擊中國文明的黑暗面；他們憑心而論，書寫時代情懷。「青年」覺醒了，這抱持希望、眺望未來的新生的群體，試圖找出政治行為、社會問題背後的文化

---

35 培良：〈檳榔集　第五　買窩頭有感〉，《莽原》週刊29期（1925年11月6日），第3版。
36 培良：〈檳榔集　第六　聰明與天才〉，《莽原》週刊30期（1925年11月13日），第5版。
37 霽野：〈樂觀主義〉，《莽原》週刊4期（1925年5月15日），第15版。
38 霽野：〈反表現主義〉，《莽原》半月刊2期（1926年1月25日），頁15。

密碼，關注人民生活，要剷除阻礙生存與進步的物質的野蠻、精神的野蠻，彰顯文學的精神力量。

三 忠於現世，望彼將來：《莽原》文人群的社會批評

(一) 教育訴求

魯迅在《莽原》創刊後，曾經在寫給許廣平的信中提及：「中國現今文壇狀況實在不佳，……最缺少的是文明批評和社會批評，我之以《莽原》起哄，大半也就為了想由此引些新的這一種批評者來。」[39]當時他是北大國文系教授，也在北京女子師範大學兼課。〈我的「籍」和「系」〉[40]、〈流言和謊話〉[41]，談女師大學潮[42]。北大英文系教授陳西瀅（陳源，1896-1970）在《現代評論》[43]的散文[44]，暗指北大國文

---

39 魯迅：〈19250428致許廣平〉，《魯迅全集》12卷，頁308。

40 魯迅：〈我的「籍」和「系」〉，《莽原》週刊7期（1925年6月5日），第15-16版。

41 魯迅：〈流言和謊話〉，《莽原》週刊16期（1925年8月7日），第8版。

42 校長楊蔭榆（1884-1938）1924年上任，將學校與學生的關係比喻為婆媳關係，試圖開除六名學生自治會成員。校長請求警署派巡警在校鎮壓監視，宣稱「暴劣學生肆行滋擾」。教育總長章士釗（1881-1973）仰賴段祺瑞（1865-1936）支持，他的教育觀念保守，支持楊的治校方法。

43 《現代評論》週刊（1924年12月13日－1928年12月19日）內容兼具政治與文藝，主要撰稿人是王世杰（1891-1981），燕樹棠（1891-1984）、周鯁生（1889-1971）等。陳西瀅主編文藝欄1、2卷，3卷後由楊振聲（1890-1956）負責。

44 西瀅：〈閒話〉，《現代評論》1卷25期（1925年5月30日），頁9-12。西

系的浙江籍教師在背後鼓動學潮。[45]魯迅和學生站在同一陣線，不畏流言，主動介紹自己的「籍」和「系」。「流言」回應當時陳的「閒話」專欄用詞，駁斥陳的指控。魯迅批駁「學風」並非造謠撒謊所能整飭，揭露學生受到壓迫的事實。北京的大學與教育部乃至政府有盤根錯節的關係，由校園政治演變成街頭政治事件；就支持學生或校長，北京的知識分子分成多派而且在各自的刊物上形成輿論導向。[46]對照〈「碰壁」之後〉[47]、〈「碰壁」之餘〉[48]，「壁」指涉保守的教育態度與政治權力的結合，揭露章士釗仗恃政府勢力強制整頓「女學」[49]，質疑何以《現代評論》隱約表態支持。在《莽原》週刊他能暢所欲言，認為教育問題不該被扭曲為政治問題，鼓勵學生大膽發聲，爭取學習的自主權。

女師大學潮的重要人物許廣平，〈反抗下去〉[50]圍繞同

瀅：〈閒話〉，《現代評論》2卷48期（1925年11月7日），頁12-13。陳將學潮比喻為臭茅廁，某籍某系的教員「挑剔風潮」，人人都該去幫忙掃除，質疑魯迅「創作動機」未必純潔。

[45] 魯迅：〈對於北京女子師範大學風潮宣言〉，《魯迅全集》8卷，頁473。原發表於1925年5月27日《京報》。連署者馬裕藻（1878-1945）、沈尹默（1883-1971）、沈兼士（1887-1947）、李泰棻（1896-1972）、錢玄同（1887-1939）、周作人（1885-1967）、周樹人。這些北大國文系教授，除了李之外皆為浙江籍。

[46] 王天根：〈第九章　《語絲》、《新月》與新文化健將漸次分界〉，《近代中國報刊與社會重構的傳媒鏡像：1915-1937》（合肥：合肥工業大學出版社，2016年），頁354。

[47] 魯迅：〈「碰壁」之後〉，《語絲》29期（1925年6月1日），第1-3版。

[48] 魯迅：〈「碰壁」之餘〉，《語絲》45期（1925年9月21日），第6-8版。

[49] 章士釗：〈停辦女子師範大學呈文〉，《甲寅》1卷4期（1925年8月8日），頁1-3。

[50] 景宋：〈反抗下去〉，《莽原》週刊21期（1925年9月11日），第8版。

樣的主題開展。她自稱和一群「毛丫頭」抵抗政治力量，捋虎鬚闖出了大亂子，終究讓校長下臺。章士釗宣布解散女師大後，還要籌備新的國立女子大學，北大宣布要脫離教育部。[51]胡適（1891-1962）、陳西瀅等學界人士認為學校不該捲入風潮，並不贊成此事，等於是間接贊同教育部的意見。她呼籲北大的先生同學眾志成城，讓骸骨的迷戀者看看青年的反抗力量！高長虹的「弦上」系列展現犀利的文筆，〈兩敗俱傷〉[52]、〈聞晨報載章士釗與通信社記者的談話之後〉[53]，談女師大停辦，《晨報》的報導說校長和學生是「兩敗俱傷」。高長虹藉此檢驗教育界已受政治力控制，甚至媒體也被收編，如何打破阻礙教育的社會？操縱教育部的總長，將段祺瑞視為皇帝，「稟告」執政要解散舊校另組新校，宣稱整頓學風，實則犧牲教育！他亦曾延伸批判《現代評論》的文學審美尺度：

> 你談起一點什麼時，最好先捧出一個什麼水平線來。這樣，你可成功做一個批評家。也許水平線並不認識

---

51 〈創設國立女子大學呈文〉，《甲寅》1卷6期（1925年8月22日），頁1-2。未署名，屬於首篇「特載」，目錄欄〈章教長創立國立女子大學呈文〉。內文是「管理之方，略參私塾辦法，先之以家人師保之親，次之以禮樂書數之事，卒乃器數與文藝俱得，禮教與質學齊輝，女學之成，茲為極則。……執政志在整頓女學，始可得言整頓矣。」

52 長虹：〈弦上（十一）兩敗俱傷〉，《莽原》週刊17期（1925年8月14日），第6-7版。

53 長虹：〈弦上（十三）聞晨報載章士釗與通信社記者的談話之後〉，《莽原》週刊17期（1925年8月14日），第7版。

你，但也不妨胡亂敷衍一下，好在水平線也未必認識別人。[54]

這「水平線」分明針對《現代評論》的出版預告，宣稱「現代叢書」不會有一本無價值的書、一本水平線下的書，要做到「現代叢書」四個字，便是一種極有力量的保證。[55]高的說法，將《現代評論》視為掌握文化結合政治資本的一方。「水平線」彷彿是藝術價值的既定標準，也是劃分陣營的邊界。《莽原》文人群的批判，勇敢衝撞文學與政治交錯的權力網絡。

女師大學潮是北京文學場域中的危機事件。當教育環境受政治勢力干預，從教育問題擴大到政治問題時，年輕作者較多的《莽原》文人群，相對於北大學者組成的《現代評論》成員，《莽原》文人群因為處於文化資本較少的位置，自居為邊緣的、受壓迫者的學生立場，與權力中心的「學者」交鋒。這種自我定位，預設一種具有批判性的教育訴求、群體特徵。文化習性由個人交往方式和群體活動累積而成，《莽原》文人群的社會批評，彰顯他們在文化場域中扮演的角色。集體活動比個人發言更能表現共同的文化習性，匯集群體內部的凝聚力。他們共同經營的文學事業，是文化價值體系的象徵，面對政治介入的時候，藉由超越現實利益

---

54 長虹：〈弦上（八）我的命令〉，《莽原》週刊13期（1925年7月17日），第2版。
55 〈現代叢書出版預告〉，《現代評論》1卷9期（1925年2月7日），頁2。未署名。

的社會批評,維護道德信念,實現文學追求。

(二) 政治參與

《莽原》文人群以社會批評參與政治,批判性的文字透過具有時效性的刊物發表,標榜獨立品格,追求健全的理性精神,有介入現實的願望與文化使命感。例如魯迅〈春末閒談〉[56]、〈雜語〉[57],勾勒政局和文壇的亂象。軍閥彷彿爭奪地獄的統治權,無論誰是勝利者,人民都是受害者,文壇上也有許多人互相吹捧,為自己辯護、拉抬聲勢。1924年國共合作,段祺瑞政府利用復古派的文人,1925年初國共兩黨與北洋軍閥政府為召開國民會議發生紛爭。魯迅將抽象的道理以具體的形象述說,「細腰蜂」譬喻「拿著軟刀子的妖魔」對人民使用精神麻痺的方法,反諷當權者的思維邏輯,用任何手段禁止集會和發表意見,卻不能禁止人民的思想。

關注時事的青年作者,從現實的題材、親身的經歷,用生動巧妙的語言,傳遞信念。高長虹〈病中囈語〉[58]、〈給反抗者〉[59]、〈識時務者〉[60]篇幅都很短,他從「識時務者是為俊傑」談起,認為外國的潮流一旦進入中國,就變形為時

---

[56] 冥昭:〈春末閒談〉,《莽原》週刊1期(1925年4月24日),第4-5版。

[57] 魯迅:〈雜語〉,《莽原》週刊1期(1925年4月24日),第8版。

[58] 長虹:〈弦上(一)病中囈語〉,《莽原》週刊9期(1925年6月19日),第1版。

[59] 長虹:〈弦上(三)給反抗者〉,《莽原》週刊10期(1925年7月3日),第1版。

[60] 長虹:〈弦上(九)識時務者〉,《莽原》週刊14期(1925年7月24日),第6版。

務,中國的俊傑太多了。「學者」可以埋首於國故,或者主張空虛的正義。如果民眾等待「學者」的領導,才能理解中國的外交問題,不敢積極採取經濟絕交等具體行動,政治局勢絕不會有所改變。他反省人們在失敗中呻吟,口中呼喊著反抗,要先傾聽自己內心的聲音和軟弱,才有力量打破僵局。荊有麟〈退還庚子賠款〉[61]用歷史對照現實,舉出美國將庚款用在教育,日本也將庚款作為兩國溝通費用,獲益的中國人很少,只有洋話漂亮的碩博士及享受招待的學生代表而已。荊有麟諷刺軍閥聲稱「教育」和「文化」是一國命脈,假藉辦教育分潤庚款,反而將中國的主權交給外國人。〈白費了〉[62]描述政府為了關稅會議的「體面」,唯恐外國代表恥笑中國建設落後,花大筆金錢整修城市門面。軍閥內戰,從人民身上索討經費,實際上都是為了派系利益,爭奪政權。〈昨日和明日〉[63]、〈國民精神養成所〉[64]談到五七、五九事件,中國大多數人拒絕面對外交挫敗,歸咎鬼神和命運,抱持忍讓主義。自從滬案發生,各種職業的代表組成團體召開會議,中國人向來沒有目的,短時間內積極奮發的表現,未必能改變現狀。他自稱不是歷史家也不是預言家,只是看見現在,回憶過去,想起未來。

荊有麟在五卅之後的多篇散文,關注國人對於外交事件

---

61 有麟:〈退還庚子賠款〉,《莽原》週刊14期(1925年7月24日),第8版。
62 有麟:〈白費了〉,《莽原》週刊28期(1925年10月30日),第7-8版。
63 有麟:〈昨日和明日〉,《莽原》週刊3期(1925年5月8日),第3版。
64 有麟:〈國民精神養成所〉,《莽原》週刊15期(1925年7月31日),第8版。

的反應。〈再談救國〉[65]認為全國以罷工、罷市、罷課作為抵抗只是示弱,全國應看清軍閥政府養兵是用來爭權混戰,是否足以在外交上發揮功能保護人民,應激發民眾,監督或要求政府應該振作。如果只是哀鳴祈求「公理」,不如早日提倡武裝救國。〈名不符實〉則說:「我覺得中國各樣都可怕,因為都是虛偽的緣故。」[66]他指出幾種自稱指導社會、代表人民的媒體,例如以勞動、世界、正義為名的報刊,多半報導政客的消息,不將軍閥殘害民眾的真實情形傳播到國外去,倘若沒有拿到私人津貼就大聲吼叫。某「大報」刊登一些與現代無關的東西,幫著官員去做復古運動。「大報」和「津貼」明顯質疑《現代評論》辦刊經費來自段祺瑞與章士釗的金援,失去公正的言說立場。《莽原》文人群認為媒體的發言權不應受到官方箝制,直到《莽原》半月刊停刊即將改為《未名》時,仍不忘強調:「我們沒有募過若干股,其次沒有總長津貼千元或若干元。」[67]顯現對言論自由的追求。《現代評論》成員以留學英美的學者為主,認為女師大風潮是單一學校的問題,重要性遠不如五卅。北京教育界是社會的中堅,學者應全力督促政府處理外交問題,卻耗費大量心力回應學潮。就國家利益而言,五卅和學潮何者重要?[68]

---

65 有麟:〈再談救國:並答朱莊仁先生〉,《莽原》週刊9期(1925年6月19日),第8版。

66 有麟:〈名不符實〉,《莽原》週刊24期(1925年10月2日),第7版。

67 編者:〈關於《莽原》的結束與《未名》的開始〉,《莽原》半月刊2卷21、22期(1927年1月25日),頁87。

68 召:〈對愛國運動的謠言〉,《現代評論》2卷28期(1925年6月20日),頁5。陶孟和:〈持久的愛國運動〉,《現代評論》2卷29期(1925年6月27

《現代評論》成員強調民眾應由知識階層加以教育，應以節制的情感、理智的控制，訴諸法律和制度，凝聚群眾的努力，進行愛國運動，避免失控，循序漸進改良現況。他們以公正寬宏的口吻提出用法律程序來改變社會的方法，受到《莽原》文人群的質疑。《莽原》文人群認為「紳士」立意良好卻緩不濟急，高估了中國人的道德與能力。當文學場域之內的問題，受到來自外部的政治、經濟資本操控，文人群體之間的關係變得更加複雜。《莽原》文人群藉由社會批評參與政治，將國家、社會的問題，轉為文化思想的論述，反映他們內心的困惑：傳播媒體是爭取社會話語權力的利器，如何藉此影響輿論、建立文化秩序？他們批判「大報」的資金來源，因為《莽原》的出版經費並非來自「官方」，跳脫經濟問題，針對公共問題、政治事件發言時，內容能否被讀者認同，就不是完全能影響刊物生存的條件。作為輿論陣地的《莽原》，為生存和延續而努力的同時，便能「忠於現世，望彼將來」。《莽原》文人群的社會批評，維護了刊物自由和獨立的神聖性。

　　《莽原》文人群批評社會上的虛偽風氣，反省國人面對外交衝擊時的怯懦和恐懼，愚昧與自負。當群眾一味強調抵禦外侮、抵抗英日的傷害時，中國內部到處都有紛爭，人與人之間的怨憤卻造成更大的傷害：沒有面臨強敵的決心，只

日），頁6-7。松：〈女師大風潮與教育界〉，《現代評論》2卷37期（1925年8月22日），頁4-5。西瀅：〈閒話〉，《現代評論》2卷38期（1925年8月29日），頁9-11。

敢攻擊身邊的弱者。攻擊別人是異端、國賊、洋賊,彷彿就能冠冕堂皇掩飾自己的怯懦和卑劣。回顧歷史,中國人面對危難時,素來互相傷害和壓迫,先遭殃的是自己的同胞和子孫,無智無勇,以為靠「氣」就能擁有公理與正義。罷工、罷課抗議的群眾,彷彿煽起同仇敵愾之心就足以報仇雪恨,無法監督政府,這樣的激情是缺乏理性的激情。《莽原》文人群藉由現代傳媒營造輿論空間,構成公共領域,形成思想的力量,探索文學與政治的距離,展現同人的戰鬥力。他們以社會批評參與政治,將個人的獨到觀察和發現,鎔鑄在語言與意象之上。作者有獨立的判斷,無所不談。他們營造群體風範,透過多樣化的說理技巧,以幽默諷刺的語言,自由的形式與內容與讀者交流、注重具象化的傳達,流露啟蒙淑世的責任感,發揮文學的審美功能和社會功能。

四 破毀舊時代,創造新時代:《莽原》文人群的小說創作

(一) 刻畫人性

《莽原》從週刊到半月刊,少了《京報》的支持後,改由未名社發行。經濟資本雖然減少,《莽原》文人群確保發言陣地,忠於自我,更積極於文學創作與出版事業[69],累積文化資本。《莽原》半月刊篇幅擴大,文明批評與社會批評的

---

[69] 魯迅:〈《未名叢刊》與《烏合叢書》魯迅編〉,《魯迅全集》8卷,頁488。原發表於臺靜農編《關於魯迅及其著作》版權頁後。

散文逐漸減少,能夠登載更多小說。《莽原》文人群的文體選擇,也和刊物的發行狀況改變有關。同時值得注意的還有魯迅此一時期的日本文論譯作,延伸和擴展原文的文化意義。年輕作者受到魯迅鼓勵積極創作,對於魯迅譯介的文學理論,或隱或顯接受其中的理念,經由小說創作,進行操作與實踐,對小說的書寫策略提供指引。魯迅譯金子筑水(1870-1937)的〈新時代與文藝〉[70],論者首先說明文藝的本質,是時代產生文藝,文藝能夠改造社會精神和意氣。文藝的價值在於破壞舊時代和舊精神,開闢出新生活的林間路。新文化嚮往的方向和精神,應由文藝和哲學來暗示,期許新文藝發揮人間性,將人們的精神從束縛和壓迫中解放。《莽原》文人群小說創作與譯介的題材之間,互相啟發與暗示。例如高歌〈死屍〉[71]的主角是個已婚的青年男子,一睜眼發現自己躺在棺材裡。家人討論他為什麼臉色不變而身體冰冷,沒法確認是不是死了。在封棺的聲響中,死還沒有降臨,他就厭惡了死,於是捏緊拳頭推開棺蓋走出來。妻子熟睡,孩子在棺木邊玩耍,他微笑著離開了家,再也不回頭。「死者」的獨白,回顧思索命運前途,對社會的徹底否定,增加作品的真實感。作者用象徵的手法、跳躍的思路,雖然在敘事結構上不夠完整,卻能揭示痛苦的靈魂束縛,蘊含無言的悲哀。向培良〈肉底觸〉[72]寫二十三歲的青年對異性充滿好奇,

---

[70] 〔日〕金子筑水著,魯迅譯:〈新時代與文藝〉,《莽原》週刊14期(1925年7月24日),第1-4版。

[71] 高歌:〈死屍〉,《莽原》半月刊15期(1926年8月10日),頁642-644。

[72] 培良:〈肉底觸〉,《莽原》半月刊16期(1926年8月25日),頁674-680。

在電車上試著碰觸陌生女子的膝蓋,得到感官的短暫刺激,努力控制自己不要逾越禮教。他凝望另一名女子,又忍不住上前輕輕碰觸她的玉臂,溫軟的觸感灼熱了他的全身。小說通過人物言行,描繪青年受到禮教壓抑,在理智和性慾之間掙扎。青年無法正視慾望的存在,只能選擇逃避。被寄予希望的青年,活在苦悶之中,一觸即發的慾望讓他隨時害怕失去理性。《莽原》文人群這些文本,正如金子筑水的論點,由文藝中發掘日常生活蘊藉的意義,闡釋青年面對婚戀議題的苦悶,以人物的內心獨白、細節的描寫,透顯精神解放的渴望、自我覺醒的意識,深化對人性的描摹。

　　《莽原》文人群的小說,從社會歷史、文化風俗,刻畫人物的生存狀態和人性的複雜。黃鵬基〈火腿先生在人海裡奔走〉[73],由一條由重慶火腿作坊製造的火腿「我」,述說自己是便宜貨,被店主裹上稻香村的招牌提高身價,送到大官家裡。「我」一年之中多次更換包裝,假扮宣威火腿,官員派僕人拿去轉送巴結上司。輾轉奔走的火腿先生,遭到蒼蠅攻擊,身體漸漸衰弱,被轉送給屋子裡只有書而沒有任何貴重禮品的毛先生。毛先生打算燉來吃,卻發現火腿早已腐壞了。黃鵬基透過詼諧語調,勾勒闊人和政客的嘴臉,描摹爭奪名利、趨炎附勢的手段。〈少奶奶的病〉[74]寫一個吝嗇少婦為了節省學費,不送孩子到幼稚園而讓他跟老師認字背

---

[73] 黃鵬基:〈火腿先生在人海裡奔走〉,《莽原》週刊25期(1925年10月9日),第1-7版。

[74] 朋其:〈少奶奶的病〉,《莽原》半月刊10期(1926年5月25日),頁426-436。

古書,為了避免發三節禮金而故意在年節前開除傭人。她成天打牌閒聊,照鏡子覺得好像瘦了,經由幫傭的小丫頭傳出去,卻變成她病了。丈夫請來名醫,開了三塊錢的蒸餾水當作藥,她更覺得自己真的是病人,深信不疑長期服用。小說刻畫婦人在家庭瑣事中,缺乏生活目標,心理的空虛投射為疾病的妄想。〈沙灘上〉[75]擬寫屈原(B.C.340-B.C.278)的夢境,楚王能夠判別忠臣與奸臣,夢醒後的屈原,赫然發現仍處於困頓環境中,知道自己必須清醒面對挫折。小說用屈原的獨白,投射抱持理想的青年找不到出路的矛盾、迷茫與痛苦,表現青年知識分子的生命狀態。黃鵬基的小說集《荊棘》是刺激社會之意,明白主張文學不必像奶油一樣,應該如刺,文學家不應頹喪,應該要剛健。[76]他的小說具有暴露社會黑暗的意義[77],實踐「刺的文學」[78]理論,以流利的語言描畫各式人物,反對玩弄頹傷的感情把戲,反對文學的消遣作用。「刺的文學」正可對照魯迅譯鶴見佑輔(1885-1973)的〈說幽默〉[79],鶴見佑輔主張淚與笑只隔一張紙,嘗過淚的滋味的人,才懂得笑的心情。幽默來自理性的倒錯

---

[75] 黃鵬基:〈沙灘上〉,《莽原》半月刊2期(1926年1月25日),頁65-69。

[76] 魯迅:〈導言〉,《中國新文學大系 小說二集》(上海:良友圖書公司,1935年),頁10。

[77] 劉傳輝:〈諷刺幽默作家黃鵬基〉,《魯迅研究月刊》1991年1期,頁61。

[78] 黃鵬基:〈刺的文學〉,《莽原》週刊28期(1925年10月30日),第1-2版。他主張中國現代的作品應該像荊棘,社會生出荊棘,葉和莖是有刺的,根也是有刺的。作品的思想、用字、結構,都應表現刺的意味。

[79] 〔日〕鶴見佑輔著,魯迅譯:〈說幽默〉,《莽原》半月刊2卷1期(1927年1月10日),頁23-34。

感，幽默和冷嘲（cynic）僅一線之隔，幽默是從悲哀而生的、理性的逃避的結果。純真的同情，能使幽默不墮於冷嘲。幽默如同火或水，用得適當，能使人生豐饒。「刺」如果是一種擴張的、誇大的幽默，有時也因過度追求幽默，損害小說的整體結構，使得主題的嚴肅議題、結尾刻意設計的滑稽受到影響，減弱全篇的力量。黃鵬基的小說能顯影青年人的精神空虛、揭示社會的扭曲。他將五四以來小說創作中偶然使用的諷刺方法理論化，進行文學樣式的自覺拓展，使「為人生」的文學得以延伸。

（二）關懷鄉土

關懷鄉土的主題，在《莽原》文人群筆下，描寫不同地域的風光、民俗，也有普遍性的鄉間人物對環境、命運的看法，突出人物的遭遇與心境轉折。尚鉞〈小小一個夢〉[80]寫農村孩童正在吃晚餐，家中經濟困難，祖母和母親將自己的食物省下來餵他，哄他早點上床睡覺。孩子回外婆家飽餐一頓，追逐著雞腿變成的老鼠，忽然驚醒才知道是美好的夢境。他對孩童心理的細節描寫，符合藝術形象的塑造和主題的表達，用細膩筆觸刻畫農村家庭的溫暖氣氛，塑造純樸厚道的人物形象。〈沖喜〉[81]描述少女受到媒婆欺騙，對未來的婆家一無所知，期待幸福的生活。婚禮當天，她祭拜天地和祖先，在陰暗空洞的房裡終於看見重病的新郎。婆婆在旁

---

80 尚鉞：〈小小一個夢〉，《莽原》週刊4期（1925年5月15日），第2-4版。
81 尚鉞：〈沖喜〉，《莽原》週刊24期（1925年10月2日），第1-3版。

邊呼喚，說這是娶來給他沖喜的媳婦。新郎睜著空洞的眼睛，想噴出胸中阻塞的黏痰，兩眼一瞪死去了。尚鉞的小說，便是試圖操作關於創作者如何以社會為對象，省思個人相對於全人類的獨立意義。他以簡潔的筆調，寫實的手法，認識到夢境與現實的矛盾、傳統文化與婚姻自由的矛盾，表現對農村人物處境的關懷，描寫人物受封建禮俗捆綁的心理狀態，試圖引起社會的關注，尋求解放的可能。

臺靜農曾經回憶，在韋素園鼓勵之下，1926年後為了供稿給《莽原》半月刊，開始多寫小說。他說：

> 人間的酸辛和淒楚，我耳邊所聽到的，目中所看見的，已經是不堪了；現在又將它用我的心血細細地寫出，能說這不是不幸的事嗎？同時我又沒有生花的筆，能夠獻給我同時代的少男少女以偉大的歡欣。[82]

他在第二本小說《建塔者》也提及，小說所寫的人物，多半是這時代的先知，自己覺得還未能觸及這些十字架上的靈魂深處，一個徘徊於墳墓荒墟的感傷的作者，如何能以文筆渲染時代的光呢？[83]他同情被壓迫、被損害的農民和貧困者，傾訴他們的苦痛，描寫生的堅強、死的掙扎。透過白描手法和個性化的語言，勾勒鄉間的風俗和社會世相，才能把握小

---

82 臺靜農：〈後記〉，《地之子》（北平：未名社，1928年），頁253-256。
83 臺靜農：〈後記〉，《建塔者》（北平：未名社，1930年），頁181-182。

說的特點。抱持這樣的文學批評觀點，他取材於民間[84]，積極創作。〈拜堂〉[85]描寫青年汪二和守寡的嫂子相好，汪大嫂懷孕。兩人找來鄰居大嬸做儐相，背著父親半夜偷偷拜堂成親。嗜酒如命的汪老爹原本要賣掉媳婦，給汪二湊個生意本；村裡的闊人卻說「轉房」省下聘禮，更划算。年長的女性寬慰汪大嫂，沒有必要守節。拜堂時這對男女羞愧難堪，害怕叔嫂成婚違背人倫，哭泣顫抖著給死去的汪大磕頭行禮，渴望得到他的原諒。他們不因窮困卑微而放棄生活的希望，終究組成家庭，互相依靠。拜堂儀式代表人物對鬼神力量的懼怕，小說對話透顯各階層人物對轉房習俗的價值觀，揭示主角在困窘生活中面對迷信的衝突，彰顯鄉村人物在經濟和倫理約束中，扭曲的生理和心理狀態。作家對人物充滿理解和憐憫之情。安徽方言的使用，增添了文本的鄉土氣息，例如「哈」是「還」，「牽頭」是「子女」，反覆出現「日子長，以後哈要過活的」，展示出地域文化的特殊性，是語言形式和敘述方式的創新。〈棄嬰〉[86]主角是個讀書人，為了找一份足以餬口的工作四處奔波，途中聽見一個棄嬰的哭聲，現實的壓力讓他自顧不暇，對任何事都提不起勁，不予理會。隔天外出求職的時候，看見一群野狗撕扯一塊塊紅黑的肉團，昨日的棄嬰是今日野狗口中的美食！他懊

---

84 湯逸中：〈前言〉，《栽植奇花和喬木：未名社作品選》（上海：華東師範大學出版社，2001年），頁1-3。
85 臺靜農：〈拜堂〉，《莽原》半月刊2卷11期（1927年6月10日），頁432-442。
86 臺靜農：〈棄嬰〉，《莽原》半月刊2卷6期（1927年3月25日），頁219-229。

悔自責，也無法彌補冷漠造成的悲劇。

　　魯迅在《莽原》時期關注白樺派[87]的文學理論[88]，翻譯有島武郎（1878-1923）的〈生藝術的胎〉[89]，論者主張一切活動都是想要表現自己的過程，以自己為對象的活動，是藝術的活動。藝術家以社會為對象，絕不會選擇與自己毫無交涉的對象，是分明的表現著自己。以此觀察臺靜農的小說，題材包含新舊交替時代的婚姻悲劇，勾勒農村人民只求溫飽的艱辛生活，傳統社會重男輕女的觀念、農村的衰敗與群眾的冷漠等等，實踐了聚焦於平凡題材的審美趣味。

　　臺靜農筆下構築的鄉村，是1920年代鄉村社會的微縮圖景，是對底層人物生活的真實展示，通過典型場景引出周圍人事，豐富情節的內涵，集中筆墨，描寫場面，展現衝突。

---

87 周作人：〈日本近三十年小說之發達〉，《新青年》5卷1期（1918年7月15日），頁39-40。他說：「明治四十二年，武者小路實篤（1885-1876）等一群青年文士，發刊雜誌《白樺》提倡這派新文學。到大正三、四年（1912-1913）時，勢力漸盛，如今白樺派幾乎成了文壇的中心。武者小路以外，有長與善郎（1888-1961）、里見淳（1888-1983）、志賀直哉（1883-1971）等，也都有名。」

88 程麻：〈第五章　白樺派文學和魯迅改造國民性的實踐──談人道主義的人格標準意義〉，《溝通與更新：魯迅與日本文學關係發微》（北京：中國社會科學出版社，1990年），頁133-139。白樺派是對明治時代自然主義文學的反動，更重視以文學磨礪人的自覺意識，提高精神境界，試圖用以改造人生，實現新的社會理想，成為大正時期文學主流之一。此派文學在日本興盛的時期，正逢中國五四新文化運動中湧起「人的文學」的波瀾。魯迅1918年開始翻譯和介紹此派作品，後於文章中也多次闡述和發揮了他們標舉的人道主義思想。

89 〔日〕有島武郎著，魯迅譯：〈生藝術的胎〉，《莽原》半月刊9期（1926年5月10日），頁365-377。

〈天二哥〉[90]的主角是個懶散的酗酒者，相信任何疾病都能用酒治好。他無所事事，是眾人嘲笑的對象，愛看熱鬧又常與人爭吵，遇到任何挫折都用精神勝利法解決。他無意改變現狀，終究一病不起。〈新墳〉[91]的主角四太太，在圍觀的村民口中，是個可憐的瘋婦。四太太的兒女先後因兵災死亡，她失去人生的寄託，孤苦無依到處閒蕩，喃喃複述著兒子娶了媳婦、女兒風光出嫁。村民向她道喜，她的悲慘是眾人的娛樂。小說從熟悉的生活中取材，擷取現實生活中典型的事件或場面，以陰冷晦暗的筆調，寫出人間的艱苦與酸辛。四太太、天二哥和魯迅筆下的祥林嫂、阿Q，隱然有相近之處。重複寫法的運用，表現人物內心的痛苦與周圍人們的冷漠麻木，加重悲劇色彩。[92]魯迅曾高度肯定臺靜農的藝術成就：「能將鄉間的死生，泥土的氣息，移在紙上的，也沒有更多，更勤於這作者的了。」[93]1926年臺靜農編選《關於魯迅及其著作》，是第一本關於魯迅的評論集。原本還要收錄周作人以及國外的評論，魯迅並未同意，結果反而依照魯迅意見加添了陳西瀅的批評。[94]序文中，臺靜農形容此書兼

---

90 臺靜農：〈天二哥〉，《莽原》半月刊18期（1926年9月25日），頁735-743。
91 臺靜農：〈新墳〉，《莽原》半月刊2卷3期（1927年2月19日），頁95-105。
92 賈濤：〈第四章　沿著巨人的肩膀前行〉，《論臺靜農小說的流變和傳承》（開封：河南大學碩士論文，2011年），頁26-27。
93 魯迅：〈導言〉，《中國新文學大系　小說二集》，頁12。
94 張夢陽：〈第一章　魯迅出世：中國精神文化界的驚雷〉，《中國魯迅學通史》上卷（廣州：廣東教育出版社，2001年），頁50-51。

顧正反各方面的文章,「這裏面有揄揚,有貶損,有謾罵,在同一的時代裡,反映出批評者的不同一的心來」。他也讚譽魯迅小說的藝術成就,「每個人物,在他的腕下,整個的原形都顯現了,絲毫遮掩不住自己。我愛這種精神,這也是我集印這本書的主要原因。」[95]顯然臺靜農在《莽原》時期,深受魯迅的啟發與影響,由此習得文學技巧與文學批評的脈絡。

　　《莽原》文人群小說對風俗人情的描繪,反映現實,透顯豐富的鄉土關懷與地方色彩。他們運用白描手法呈現惡俗與愚昧的思想,用藝術的真實展示社會生活,根據人物的性格邏輯,描寫宗法制度對鄉村小人物的精神統治,融入深摯的悲憫,蘊含深刻的思想。

五　結語

　　報刊是知識分子的言論空間,文人群體透過媒體交換意見或展現思想的交鋒。鬆散而自由的組合是文學群體存在的常態,成員由互動的公共空間中精神選擇的過程,顯現個性特徵。[96]《莽原》文人群具有相近的文學教養及美學理念,通過作為公共媒體的刊物,對社會問題發出質疑,與讀者交

---

95 臺靜農:〈序言〉,收入臺靜農編:《關於魯迅及其著作》(北京:未名社,1926年),頁1-3。
96 楊洪承:〈第四章　中國現代作家社群文化生態中的「公共空間」認知〉,《人與事中的文學社群:現代中國文學社團和作家群體文化生態研究》(北京:人民出版社,2014年),頁56-57。

流意見，檢驗文學與思想的力量。他們一開始沒有明確的社團意識，這種兼容性也成就了《莽原》的豐富。

在文學場域中，文人群體之間的關係，指涉純粹藝術技巧之外的教育、政治問題，影響文學的形式與內容，也彰顯文人群體採取什麼樣的立場建立自我認同，如何掌握文學自主的書寫策略。《莽原》文人群的文學創作，就是他們理解世界的藝術方式、價值選擇和意義闡釋。作者的言說欲望，藉此聚集和發揮作用。隨著刊物影響力的提高，《莽原》文人群在魯迅的引導下，以青年覺醒的姿態，開展文明批評與社會批評，從教育與文化層面著手啟發國民，對抗權力的傲慢。他們以刊物寄寓理想，對社會、政治問題產生質疑與共識，凝聚人文關懷、道德信念，擴大生存空間，展現銳意改革的積極企圖。《莽原》文人群的小說，隱然受到魯迅此一時期日本文論譯作的啟發。翻譯文本成為小說創作的養分，關懷社會底層人民的生活，思辨、刻畫人性，細細咀嚼人生的況味，催促新時代、新觀念的產生。如果他們將傳統視為原始或過去，小說中的受壓迫者，呈現與「現在」對立的「過去」狀態，隱喻如果現在的中國不改變，就會走向悲哀的「未來」。他們直視民族的卑怯與頹喪、昏聵與傲慢，期許擺脫消極的精神束縛，拓展視野。《莽原》文人群從《莽原》週刊到《未名》半月刊，持續從事翻譯工作。他們如何透過翻譯，眺望與中國新文學具有對話性和啟示性的異域風景，鍛造文化啟蒙、重構的環節，拉近讀者與原作的時空距離，是一個值得探討的問題，將另以一篇論文深入考察。

作家的主體意識是文人群形塑相近文學風格的內在驅動力，確立文人群的運作模態。《莽原》文人群透過不同的書寫策略，在有限的輿論空間內，爭取最大的思想自由，凝聚向心力，為個人身分與文化想像勾勒輪廓，實踐文化訴求與文學理念，展現了具有群體性的文學風格。本文至此已歸結出《莽原》文人群的書寫策略及其意義。

參考文獻

一　原典文獻

（一）《莽原》週刊

有　麟：〈昨日和明日〉，《莽原》週刊3期（1925年5月8日），第3版。

有　麟：〈再談救國：並答朱莊仁先生〉，《莽原》週刊9期（1925年6月19日），第8版。

有　麟：〈退還庚子賠款〉，《莽原》週刊14期（1925年7月24日），第8版。

有　麟：〈國民精神養成所〉，《莽原》週刊15期（1925年7月31日），第8版。

有　麟：〈名不符實〉，《莽原》週刊24期（1925年10月2日），第7版。

有　麟：〈白費了〉，《莽原》週刊28期（1925年10月30日），第7-8版。

尚　鉞：〈小小一個夢〉，《莽原》週刊4期（1925年5月15日），第2-4版。

尚　鉞：〈忠誠的奴隸〉，《莽原》週刊6期（1925年5月29日），第6版。

尚　鉞：〈沖喜〉，《莽原》週刊24期（1925年10月2日），第1-3版。

長　虹：〈中國與文學〉,《莽原》週刊6期（1925年5月29日）,第6版。

長　虹：〈弦上（一）病中囈語〉,《莽原》週刊9期（1925年6月19日）,第1版。

長　虹：〈弦上（三）給反抗者〉,《莽原》週刊10期（1925年7月3日）,第1版。

長　虹：〈弦上（八）我的命令〉,《莽原》週刊13期（1925年7月17日）,第2版。

長　虹：〈弦上（九）識時務者〉,《莽原》週刊14期（1925年7月24日）,第6版。

長　虹：〈弦上（十一）兩敗俱傷〉,《莽原》週刊17期（1925年8月14日）,第6-7版。

長　虹：〈弦上（十三）聞晨報載章士釗與通信社記者的談話之後〉,《莽原》週刊17期（1925年8月14日）,第7版。

冥　昭：〈春末閒談〉,《莽原》週刊1期（1925年4月24日）,第4-5版。

培　良：〈檳榔集　第三　悲劇在我們的民族裡〉,《莽原》週刊5期（1925年5月22日）,第6-7版。

培　良：〈檳榔集　第五　買窩頭有感〉,《莽原》週刊29期（1925年11月6日）,第3版。

培　良：〈檳榔集　第六　聰明與天才〉,《莽原》週刊30期（1925年11月13日）,第5版。

景　宋：〈懷疑〉,《莽原》週刊5期（1925年5月22日）,第6版。

景　宋：〈酒癮〉,《莽原》週刊9期（1925年6月19日），第5版。

景　宋：〈內幕之一部〉,《莽原》週刊11期（1925年7月3日），第4-5版。

景　宋：〈反抗下去〉,《莽原》週刊21期（1925年9月11日），第8版。

黃鵬基：〈火腿先生在人海裡奔走〉,《莽原》週刊25期（1925年10月9日），第1-7版。

黃鵬基：〈刺的文學〉,《莽原》週刊28期（1925年10月30日），第1-2版。

黃鵬基：〈狂言〉,《莽原》週刊32期（1925年11月27日），第2-3版。

魯　迅：〈雜語〉,《莽原》週刊1期（1925年4月24日），第8版。

魯　迅：〈編完寫起〉,《莽原》週刊4期（1925年5月15日），第15版。

魯　迅：〈燈下漫筆（二）〉,《莽原》週刊5期（1925年5月22日），第 5版。

魯　迅：〈我的「籍」和「系」〉,《莽原》週刊7期（1925年6月5日），第15-16版。

魯　迅：〈流言和謊話〉,《莽原》週刊16期（1925年8月7日），第8版。

霽　野：〈樂觀主義〉,《莽原》週刊4期（1925年5月15日），第15版。

〔日〕金子筑水著,魯迅譯:〈新時代與文藝〉,《莽原》週刊14期(1925年7月24日),第1-4版。

(二)《莽原》半月刊

朋　其:〈少奶奶的病〉,《莽原》半月刊10期(1926年5月25日),頁426-436。

高　歌:〈死屍〉,《莽原》半月刊15期(1926年8月10日),頁642-644。

培　良:〈肉底觸〉,《莽原》半月刊16期(1926年8月25日),頁674-680。

黃鵬基:〈沙灘上〉,《莽原》半月刊2期(1926年1月25日),頁65-69。

臺靜農:〈天二哥〉,《莽原》半月刊18期(1926年9月25日),頁735-743。

臺靜農:〈新墳〉,《莽原》半月刊2卷3期(1927年2月19日),頁95-105。

臺靜農:〈棄嬰〉,《莽原》半月刊2卷6期(1927年3月25日),頁219-229。

臺靜農:〈拜堂〉,《莽原》半月刊2卷11期(1927年6月10日),頁432-442。

魯　迅:〈《華蓋集》題記〉,《莽原》半月刊2期(1926年1月25日),頁43。

魯　迅:〈二十四孝圖〉,《莽原》半月刊10期(1926年5月25日),頁412-421。

魯　迅：〈父親的病〉,《莽原》半月刊21期（1926年11月10日）,頁856-864。

魯　迅：〈所謂「思想界先驅者」魯迅啟事〉,《莽原》半月刊23期（1926年12月10日）,頁963-964。

編　者：〈本刊啟事〉,《莽原》半月刊1期（1926年1月10日）,頁41。

編　者：〈關於《莽原》的結束與《未名》的開始〉,《莽原》半月刊2卷21、22期（1927年1月25日）,頁876。

霽　野：〈反表現主義〉,《莽原》半月刊2期（1926年1月25日）,頁15。

〔日〕有島武郎著,魯迅譯：〈生藝術的胎〉,《莽原》半月刊9期（1926年5月10日）,頁365-377。

〔日〕鶴見佑輔著,魯迅譯：〈說幽默〉,《莽原》半月刊2卷1期,（1927年1月10日）,頁23-34。

（三）其他

不著撰人：〈現代叢書出版預告〉,《現代評論》1卷9期（1925年2月7日）,頁2。

不著撰人：〈創設國立女子大學呈文〉,《甲寅》1卷6期（1925年8月22日）,頁1-2。

召：〈對愛國運動的謠言〉,《現代評論》2卷28期（1925年6月20日）,頁5。

西　瀅：〈閒話〉,《現代評論》1卷25期（1925年5月30日）,頁9-12。

西　瀅：〈閒話〉，《現代評論》2卷38期（1925年8月29日），頁9-11。

西　瀅：〈閒話〉，《現代評論》2卷48期（1925年11月7）日，頁12-13。

李霽野：〈記「未名社」〉，收入黃源編《懷念魯迅先生》，上海：新文藝出版社，1956年，頁12。

周作人：〈日本近3十年小說之發達〉，《新青年》5卷1期（1918年7月15日），頁31-42。

松：〈女師大風潮與教育界〉，《現代評論》2卷37期（1925年8月22日），頁4-5。

荊有麟：〈《莽原》時代〉，收入魯迅博物館編：《魯迅回憶錄》上冊，北京：北京出版社，1999年，頁199-205。

章士剑：〈停辦女子師範大學呈文〉，《甲寅》1卷4期（1925年8月8日），頁1-3。

陶孟和：〈持久的愛國運動〉，《現代評論》2卷29期（1925年6月27日），頁6-7。

臺靜農：〈序言〉，收入臺靜農編：《關於魯迅及其著作》，北京：未名社，1926年，頁1-3。

臺靜農：〈後記〉，《地之子》，北平：未名社，1928年，頁253-256。

臺靜農：〈後記〉，《建塔者》，北平：未名社，1930年，頁181-182。

魯　迅：〈「碰壁」之後〉，《語絲》29期（1925年6月1日），第1-3版。

魯　迅：〈「碰壁」之餘〉,《語絲》45期（1925年9月21日）,第6-8版。

魯　迅：〈導言〉,《中國新文學大系　小說二集》,上海：良友圖書公司,1935年,頁10-12。

魯　迅：〈《未名叢刊》與《烏合叢書》魯迅編〉,《魯迅全集》8卷,北京：人民文學出版社,2005年,頁488。

魯　迅：〈《莽原》出版預告〉,《魯迅全集》8卷,北京：人民文學出版社,2005年,頁472。

魯　迅：〈對於北京女子師範大學風潮宣言〉,《魯迅全集》8卷,北京：人民文學出版社,2005年,頁473。

魯　迅：〈19290927致李霽野〉,《魯迅全集》11卷,北京：人民文學出版社,2005年,頁686。

魯　迅：〈19250428致許廣平〉,《魯迅全集》12卷,北京：人民文學出版社,2005年,頁308。

二　近人論著

王天根：《近代中國報刊與社會重構的傳媒鏡像：1915-1937》,合肥：合肥工業大學出版社,2016年。

姜　濤：《公寓裡的塔：1920年代中國的文學與青年》,北京：北京大學出版社,2016年。

范泉主編：《中國現代文學社團流派辭典》,上海：上海書店,1993年。

高宣揚：《布迪厄的社會理論》,上海：同濟大學出版社,2004年。

張旭東：〈雜文的自覺：魯迅過渡期寫作的現代性與語言政治（上）〉，《文藝理論與批評》2009年1期（2009年1月），頁42。

張夢陽：《中國魯迅學通史》，廣州：廣州教育出版社，上卷，2001年。

陳方競：《魯迅與中國現代文學批評通史》，北京：北京大學出版社，2011年。

湯逸中：《栽植奇花和喬木：未名社作品選》，上海：華東師範大學出版社，2001年。

湯逸中：《曠野的聲音：莽原社作品選》，上海：華東師範大學出版社，1996年。

程　麻：《溝通與更新：魯迅與日本文學關係發微》，北京：中國社會科學出版社，1990年。

程　凱：《革命的張力：「大革命」前後新文學知識分子的歷史處境與思想探求（1924-1930）》，北京：北京大學出版社，2014年。

楊洪承：《人與事中的文學社群：現代中國文學社團和作家群體文化生態研究》，北京：人民出版社，2014年。

董大中：《1925年魯迅日記箋釋》，臺北：秀威資訊科技公司，2007年。

賈　濤：《論臺靜農小說的流變和傳承》，開封：河南大學碩士論文，2011年。

廖久明：《高長虹與魯迅及許廣平》，北京：東方出版社，2005年。

劉傳輝:〈諷刺幽默作家黃鵬基〉,《魯迅研究月刊》1991年1期(1999年1月),頁59-64。

顏　浩:《北京的輿論環境與文人團體:1920-1928》,北京:北京大學出版社,2008年。

魏洪丘:《魯迅《朝花夕拾》研究》,北京:中國言實出版社,2014年。

〔日〕菱沼透:〈未名社の人びと——魯迅の下に集まった青年たち(1)〉,《中國研究月報》381期(1979年11月),頁43-47。

〔法〕皮耶・布赫迪厄(Pierre-Félix Bourdieu)著,石武耕等譯:《藝術的法則:文學場域的生成與結構》,臺北:典藏藝術家庭,2016年。

本文發表於《成大中文學報》第62期,為科技部專題研究計畫之部分研究成果。

周作人1920年代中期的日本觀

一　前言

　　周作人（1885-1967）曾於1906-1911年留學日本，一生翻譯多種日本文學著作，創作許多關於日本文化的篇章。他的日本觀經歷幾度轉變，其中1920年代中期（約1924-1927年）態度相當特殊。1920年代中期，他最積極參與的刊物是《語絲》[1]，當時他的散文與譯作，大部分在此發表。本文將先觀察《語絲》的發展脈絡與周作人的編輯策略，再聚焦於他的日本觀進行討論。

　　周作人、魯迅（周樹人，1885-1936）與眾多文壇友人一起創辦《語絲》，1924年11月17日在北京以週刊形式發行，周作人主編，主要登載散文，版面大小為16開。155期起移至上海，第4卷1期開始編務由魯迅主導，版面改為24開。第5卷1-26期由魯迅的弟子柔石（趙平復，1902-1931）主編，27-52期由北新書局老闆李小峰（1897-1971）編完後停刊，共出版

---

[1]　《語絲》1924年11月17日創刊，1927年10月22日曾被張作霖（1875-1928）等查禁，1930年3月10日停刊。本文引用的《語絲》是上海文藝出版社1982年合訂本影印版，各期皆有頁碼。由於版型改變，合訂本第一冊收錄1-80期，80期之前內容的頁數部分，原書以「版次」標註，81期開始至第5卷52期停刊，則以「頁碼」標註。

260期。《語絲》創刊號的發行量達到15000份[2]，文學傳播力量不容小覷。報刊作為傳播媒體，深深影響中國現代文學的寫作、閱讀、傳播方式，以及作家的交往、成名和文學消費市場的關係。《語絲》以周氏兄弟為中心，創刊初期列名的撰稿人之中[3]，江紹原（1889-1983）、川島（章廷謙，1900-1981）是周作人的學生，孫伏園（1894-1966）、孫福熙（1898-1962）兄弟是魯迅的學生。顧頡剛（1893-1980）、王品青（？-1927）、李小峰曾是北大學生，林語堂（1895-1976）、錢玄同（1887-1939）當時也在北京任教，淦女士則是受到魯迅提拔點撥的女作家馮沅君（1900-1974）。刊物聯絡、培植和聚集了意氣相投的一群作家，在散文的文體和藝術技巧上進行探索與開拓。林辰（1912-2003）1940年代的研究已注意到周氏兄弟對《語絲》的領導意義，他分析北京時期的《語絲》稿件要直接寄到發行處北新書局，外稿則由主編周作人略加選擇，所謂的語絲社員並無明顯界線。[4]論者王世炎觀察周作人在編輯過程中的思想趨向，總結他對刊物的影響。[5]《語絲》有同人雜誌志趣相投的特色、諷刺幽默的藝

2　川島：〈憶魯迅先生和《語絲》〉，收入袁良駿編：《川島選集》（北京：人民文學出版社，1984年），頁86。

3　《語絲》第3期中縫廣告的名單中，列名的16位撰稿人是周作人、魯迅、錢玄同、江紹原、林語堂、章川島、斐君女士、王品青、章衣萍、曙天女士、孫伏園、春臺（孫福熙）、淦女士（馮沅君）、李小峰、林蘭女士、顧頡剛。其中的幾位女性，吳曙天是章衣萍妻，林蘭是李小峰妻，孫斐君則是章川島之妻。

4　林辰：〈魯迅與語絲社〉，《文萃》1卷30期（1946年6月），頁15。

5　王世炎：《周作人與《語絲》》（濟南：山東師範大學碩士論文，2004年）。

術風格，建構作家獨立的「自己的園地」，表現出現代精神品格。刊物的發展和同人的聚集都與編輯的動向密不可分，北京時期的《語絲》（1924年11月至1927年10月）較具影響力[6]，主編的文化理念，必然有值得詳細探討之處。

《語絲》發行之初，周作人不想大張旗鼓宣示自己是領導者，直到發行17期之後，才正式提出請投稿人與讀者不要直接寄稿給他，而是寄給「語絲社」。[7]周作人撰寫的發刊詞相當重要，他希望週刊能對文學生產有所貢獻：

> 我們幾個人發起這個週刊，並沒有什麼野心和奢望。我們只是覺得在中國的生活太是枯燥，思想界太是沉悶，感到一種不愉快，想說幾句話，所以創刊這張小報，作自由發表的地方。……我們並沒有什麼主義要宣傳，對於政治經濟問題也沒有什麼興趣，我們所想作的只是想衝破一點中國的生活和思想界的昏濁停滯的空氣。我們個人的思想儘自不同，但對于一切專斷與卑劣之反抗則沒有差異。[8]

---

6 陳離：《在「我」與「世界」之間——語絲社研究》（上海：東方出版中心，2006年）。原為博士論文《語絲社研究》（上海：復旦大學，2005年）修改後出版。論者回溯語絲社核心人物周氏兄弟在刊物營運期間，在精神上結成「統一戰線」，綜論主編的編輯策略、刊物風格的變化，認為北京時期的《語絲》較有影響力。

7 周作人：〈啟事〉，《語絲》18期（1925年3月16日），第8版。

8 〈發刊詞〉，《語絲》1期（1924年11月17日），第1版。本文未署明編者，對照鍾叔河編訂：《周作人散文全集（修訂版）》3卷（桂林：廣西師範大學出版社，2021年），頁512-513，可確定是他撰寫。

所謂的「思想界太是沉悶」,應與《新青年》、《新潮》停刊之後缺乏思想鮮明的文化刊物有關。週刊上的文字大抵以簡短的感想和批評為主,兼採文藝創作、美術等研究或介紹。「自由發表」的說法,隱含著爭取思想與創作自主權的期盼。想要衝破昏濁的空氣,反抗「專斷」、「卑劣」,這些目標都表示他把文學生產當作社會文化的組成部分。編輯策略方面,周作人延續了《新青年》通信欄的規劃,刊登讀者來信,署名「編者」或以「開明案」回應,有時《語絲》成員也紛紛參與,作者與讀者的對話關係建立在平等基礎上。發刊詞中的「簡短的感想與批評」,在「我們的閒話」、「閒話集成」、「隨感錄」等專欄中[9],呈現清晰的面目。周作人同時扮演主編與重要作者的角色,他個人負責的專欄是「茶話」、「酒後主語」、「苦雨齋尺牘」[10],建構散文藝術風格與價值取向。現代傳播媒體是知識分子的存在方式,報刊凝聚了知識分子,也對知識分子的知識結構、思想觀念有本質性的影響。[11]北京時期的《語絲》在周作人主導下,開拓話語空間,發揮社會影響力。

---

9 「我們的閒話」由71期1926年3月22日開始、「閒話集成」由102期1926年10月23日開始,名稱刻意與《現代評論》的「閒話」系列互相對應。「隨感錄」由141期1927年7月23日開始。

10 「茶話」由48期1925年10月12日開始,共二十篇。「酒後主語」由91期1926年8月9日開始,共九篇。「苦雨齋尺牘」由101期1926年10月16日開始,共十一篇。本文列舉的篇章,為求行文簡潔,正文中只寫出篇名,專欄名稱及序號於註解中說明。若原本無篇名,僅有專欄名稱與序號時,則依照原文標示。

11 周海波:〈第五章 現代傳媒與知識分子群體〉,《現代傳媒視野中的中國現代文學》(北京:中華書局,2008年),頁189-200。

日本是周作人心靈的故鄉，他一生中有多篇文章歌頌日本的文化、藝術、風俗與人情，揮灑諷刺與詼諧，透顯節制與妥協。1920年代中期，他的日本書寫，卻流露強烈的批判性，主要發表於《語絲》，少數在《京報副刊》。本文將比對報刊史料[12]，考察文本，論述他如何由文化與政治兩個層面，表達獨特的日本觀。

二　文化的「知日」

（一）文學翻譯

　　周作人在《語絲》發表日本文學譯作，透過翻譯的選擇，解讀引言與附記，可以探討他如何詮釋日本文學與文化。他對神話深感興趣，羨慕日本的學術進展，當代學者勇於探勘神話與史實間的罅隙、質疑萬世一系的系譜。〈漢譯《古事記》神代卷引言〉[13]介紹書中特別的文體如何借用漢

12　張鐵榮：〈周作人「語絲時期」之日本觀〉，《周作人平議》（天津：天津人民出版社，2006年），頁55-79。趙京華：〈周作人日本文化觀的別一面——以1920年代對大陸浪人和支那通的批判為例〉，《周氏兄弟與日本》（北京：人民文學出版社，2011年），頁236-259。兩位學者的研究有重要參考意義，筆者則試圖對照《順天時報》原文，查證周作人的觀點來源。

13　豈明：〈漢譯《古事記》　神代卷　引言〉，《語絲》65期（1926年2月8日），第6-9版。豈明：〈漢譯《古事記》　神代卷1〉，《語絲》67期（1926年2月22日），第1-2版。豈明：〈漢譯《古事記》　神代卷2〉，《語絲》69期（1926年3月8日），第2-4版。豈明：〈漢譯《古事記》　神代卷3〉，《語絲》71期（1926年3月22日），第4-6版。

字,音義並用。他說明翻譯的緣由,是中國人閱讀神話時往往尋找野蠻風俗之遺跡,批評現代文化。此時他帶著微小的希望,介紹日本古代神話,想讓研究民俗與宗教史的愛好者參考。周作人闡述日本由於「神國」之稱,國體和各國不同,《古事記》兼有學術與文藝的特質:

> 《古事記》神話之學術的價值是無可疑的,但我們拿來當文藝看,也是頗有趣味的東西。日本人本來是藝術的國民,他的制作上有好些印度中國影響的痕跡,卻仍保有其獨特的精彩;或者缺少莊嚴雄渾的空想,但其優美輕巧的地方也非遠東的別民族所能及。他還有他自己的人情味,他的筆致都有一種潤澤,不是乾枯粗糲的,這使我最覺得有趣味。[14]

《古事記》被提高到「神典」的地位,書中內容也幾乎等同於史實,譯者雖無法代替日本人解釋文化,但能帶領讀者接受文本的美學。周作人喜愛閱讀日記類的文學作品,〈馬琴日記抄〉[15]評價知名的舊小說家馬琴(Bakin, 1767-1848)從1831年之後十餘年間的日記,摘要翻譯少許段落。日記的作者彷彿以道學家的面目與讀者相見,周作人回想自己原本不甚喜愛馬琴的小說,文本蘊含的教訓主義彷彿足以代表當時

---

[14] 豈明:〈漢譯《古事記》 神代卷〉,《語絲》65期(1926年2月8日),第8版。

[15] 豈明:〈茶話庚(十四) 馬琴日記抄〉,《語絲》79期(1926年5月17日),第2-3版。

流行的儒教思想,還覺得滑稽本更能顯現日本國民豁達愉快的精神。他將馬琴和詩人一茶(小林一茶,1763-1827)的日記作比較,一茶的日記富於人情味,更接近現代人的思想。譯作延伸而出的散文,篇幅短小,透顯周作人對日本文學的審美標準。譯作經過文化層面的篩選,他引導讀者接觸日本文學,欣賞優美輕巧的風格,同時省思中國文學的發展脈絡。

在文體和語言的選擇上,〈「徒然草」抄〉[16]的翻譯引言與附記之中,他介紹日本南北朝時代的文學風格,並綜述兼好法師(吉田兼好,1283-1350)之人品。《徒然草》透顯禁慾家與快樂派的思想,略顯矛盾,更近於真實的人情。兼好法師以趣味之眼觀察社會萬物,文本最有價值之處就在於趣味性,文章體式雖模仿《枕草子》、多用《源氏物語》之詞,雖擬古卻不扭捏,即使是教訓的文字也富於詩意。他不願用中國的古文去翻譯日本的古文,於是在白話中夾進一點文言,尊重原文的古雅,觸發中國讀者思考「文體」的意義。《徒然草》於擬古的體制中,保持個性化的面貌,他認為中國現代文學假使能鎔鑄這些藝術技巧,當可用舊形式承載新思想。〈豔歌選〉[17]是詮釋日本安永五年(1776)烏有子的《豔歌選》,文本內容原是作者聽聞妓歌之後加以斷章別句寫成,湯朝竹山人(1875-1944)將這些俗歌翻譯為漢詩,模

---

16 〔日〕吉田兼好著,作人譯:〈「徒然草」抄〉,《語絲》22期(1925年4月13日),第4-7版。
17 豈明:〈茶話丁(十一) 豔歌選〉,《語絲》69期(1926年3月8日),第6-7版。

仿絕句或子夜歌的形式,卻幾乎失去原本的情調。周作人留意詩歌翻譯的困難之處,語言的轉換與雅俗之間的美學選擇、形式與內容之間的取捨,如何兼顧兩種語言傳達的詩意,都是對譯者的考驗。

周作人經由日本「狂言」的翻譯,結合時事、諷喻現實。〈立春〉[18]附記簡介了狂言是日本古代小喜劇,用口語描畫社會上的乖謬與愚鈍,狂言中的公侯粗俗、僧道墮落,有滑稽的純樸韻致。他評論文本中的節分源自古代追儺的風俗,「鬼」的意象在中日民俗中有不同的寓意,希望讀者不要認真太過,以為狂言的情節蘊含破除迷信的象徵。〈花姑娘〉[19]附記說明狂言的文句雖不如演出重要,但其滑稽之輕妙與言詞之古樸富有深意,可惜翻譯仍會流失原本的部分韻致。〈工東嚙〉篇末提到文中的瞎子受到嘲弄欺侮,他又以反諷語氣說:

> 我們「要知道」殘廢與弱敗照例是民眾嘲笑的對象,但不會藉此勸大家照辦,講道德的人們可以安心。[20]

「講道德的」影射《現代評論》成員例如陳西瀅(陳源,

---

18 作人譯:〈日本狂言之一　立春〉,《語絲》12期(1925年2月2日),第1-3版。
19 作人譯:〈日本狂言之一　花姑娘〉,《語絲》16期(1925年3月2日),第1-3版。
20 豈明譯:〈日本狂言之一　工東嚙〉,《語絲》83期(1926年6月14日),頁1-6。

1896-1970)、徐志摩（1897-1931）等曾經留學英美的作家，《語絲》成員不認同他們有時以很高的道德標準，想用西方的自由、理性思想來改革中國。[21]三一八慘案後，他藉由翻譯鑒照自己的抑鬱心情，請原著「替他說話」。他在武者小路實篤（1885-1976）的〈嬰兒屠殺中的一小事件〉[22]譯後附記中說，現在只能將北京想像為伯利恆，文中透露政治焦慮，要借重外國的文本，激發中國自省的可能。

周作人1920年代中期的日本文學翻譯，和現實政治與社會現象有密切關聯，顯現他嘗試為自己的文化身分重新定位的念頭：如果不再有「廟堂」可以遠望，作為一個喜愛日本文化的知識分子，能夠扮演什麼樣的社會角色？他譯介日本文學作品，書寫由翻譯延伸而出的散文，釐定適合個人性情的文化身分，尋找安身立命的可能，以「知日」的眼光推動啟蒙，從事文明的批評。

（二）文化反思

《語絲》創刊初期，關注江戶時期庶民文化的周作人，從探討日本人的人情之美，開始進行文化反思。〈日本的人情美〉[23]碰觸日本「情的層面」，體驗「心」的本真型態。

---

21 李京珮：〈《語絲》文人群的精神特徵與價值取向〉，《新竹教育大學人文社會學報》2卷1期（2009年3月），頁93-125。《語絲》、《現代評論》成員曾經為了北京女子師範大學的學潮以及三一八慘案等重大事件展開論戰，兩派作家的文化立場與價值取向並不相同。

22 〔日〕武者小路實篤著，周作人譯：〈嬰兒屠殺中的一小事件〉,《語絲》77期（1926年5月3日），第1-4版。

23 開明：〈日本的人情美〉,《語絲》11期（1925年1月26日），第6-7版。

周作人贊同內藤湖南（1866-1934）的論述，拋開大歷史大敘述的標準，讚許日本國民性的優點是「富於人情」。〈桃太郎的辯護〉[24]、〈桃太郎之神話〉[25]認為童話的性質本是文藝，即使情節裡的掠奪是野蠻的習慣，現今某些日本學者又曲解童話、宣揚帝國主義，也不能就此認定「侵略」是日本的國民性。〈日本的海賊〉[26]、〈文明國的文字獄〉[27]主題皆圍繞海賊江連力一郎（1887-？）等三十三人奪取大輝丸，殺害多名中、俄、朝鮮乘客的事件開展。江連自稱國士，東京地方審判廳僅將他判處十二年徒刑，民眾甚至在聽審之時歡呼。周作人諷刺日本輕判了江連，因為殺害的是無足輕重的中國人！此外，井上哲次郎（1856-1944）教授因為在著作中談到日本的三件建國之寶可能有一種已經燒失、僅存模造品，引發公憤，學者恐怕遭到撤職。周作人認為日本在學術思想方面設下文字獄、以武士道名義縱容殺害外國人的凶手，揭露了日本自以為是文明先進國家的自負心態。

日本與中國的文化互動，周作人在〈親日派一〉[28]、〈親日派二〉[29]、〈清浦子爵之特殊理解〉[30]等文，提出希望

---

24 王母：〈桃太郎的辯護〉，《京報副刊》第1-2版，1925年1月29日。
25 王母：〈桃太郎之神話〉，《京報副刊》第1版，1925年2月8日。
26 開明：〈日本的海賊〉，《語絲》18期（1925年3月16日），第1-2版。
27 豈明：〈文明國的文字獄〉，《世界日報副刊》，1926年11月19日，收入鍾叔河編訂：《周作人散文全集》4卷，頁816-819。
28 豈明：〈酒後主語（三）親日派一〉，《語絲》93期（1926年8月23日），頁2-3。
29 豈明：〈酒後主語（四）親日派二〉，《語絲》93期（1926年8月23日），頁3-4。

能破除中國人「天朝」的虛驕之氣,不要以為日本一切的文化都傳承自中國。日本貴族清浦奎吾(1850-1942)訪華,《順天時報》多次宣傳,〈軍警當局飭令保護清浦子爵〉[31]、〈清浦子爵昨在東方文化總會之高談〉[32],引述子爵期待兩國親善的演說。周作人談到新聞中的子爵自稱受到儒教薰陶,十分熟悉中國的倫理觀念及道德思想。他闡述日本媒體戴上儒教的眼鏡,來看待當前的中國。中國有太多卑鄙紳士與迷信愚民,讓軍閥和名流以儒教為名肆行殘暴,高呼雪恥的「愛國家」專門在細節上作文章,無能提振中國人的精神。他比較兩國經歷時代劇變時,面臨不同的思想革命,但改革時期的氣氛相近,都應吸收世界的新文明,切勿讓儒教「從中作怪」。周作人檢討中國沒有真正的親日派,因為尚未有中國人知曉日本國民真正的光榮,必須如同小泉八雲(Lafcadio Hearn, 1850-1904)出版著作,才能算是親日派。這些譬喻,看似勸告日本人不要被假裝親日的中國人所蒙蔽,實則暗諷中國某些不肖分子被日本利用,間接協助侵略中國。

　　周作人曾經透過日本作家的論著,鑒照中國的民族性與文化性格。〈淨觀〉[33]引述廢姓外骨(宮武外骨,1866-

---

30 豈明:〈苦雨齋尺牘(五)清浦子爵之特殊理解〉,《語絲》102期(1926年10月23日),頁8-10。
31 周作人發文前不久的新聞,或可印證他的部分觀點:〈軍警當局飭令保護清浦子爵〉,《順天時報》第7版,1926年5月14日。
32 〈清浦子爵昨在東方文化總會之高談〉,《順天時報》第7版,1926年9月14日。
33 子榮:〈淨觀〉,《語絲》15期(1925年2月23日),第6-7版。

1955）曾於《穢褻與科學》中說自己的性情是對時代的反動、對專制政治的反動。歐洲「得罪名教」的藝術家們給予周作人一些行動上的啟發，使他察覺現在中國的假道學空氣太濃厚，應從藝術、科學、道德提倡「淨觀」，推翻假道學的教育。他對廢姓外骨關於浮世繪、川柳、賭博、私刑等領域的研究，抱持肯定態度，佩服作者對「猥褻事物」的興趣，勇於反抗禮教。〈我們的閒話（二四）〉[34]引述安岡秀夫《從小說上看出的支那民族性》以元、明、清小說如《金瓶梅》、《聊齋志異》等書為例，列舉中國人放蕩淫逸的生活習性，痛加嘲罵。周作人承認古代的中國人確實有許多惡習，「支那通」卻四處張揚這些民族劣根性，來提高日本的文化地位。「支那通」原指通曉中國情況的日本人，有不少人甚至參與過辛亥革命；周作人筆下的「支那通」並非真正了解中國，僅以刻板印象描述中國的現狀。[35]他感慨現今不少愚昧的中國人竟然相信，用作者所謂東方的文化禮教，足以稱霸天下。他勸告「支那通」嚴正誠實地勸告或責難中國，勿使這種輕薄卑劣的態度，成為日本的民族性之一。〈支那通之不通〉[36]延續討論「支那通」在《北京週報》描述的「支那式衛生法」，說支那人到處便溺、衣服汙糟。周作人認為「支那通」見了某地區或某個人的行為，便任意擴大詮釋全

---

34 豈明：〈我們的閒話（二四）〉，《語絲》88期（1926年7月6日），頁10-11。收入《談虎集》時篇名為〈支那民族性〉。

35 〔日〕竹內好：〈周作人から核実験まで〉，《新編現代中國論》（東京：筑摩書房，1974年），頁281-286。

36 起明：〈支那通之不通〉，《語絲》143期（1927年8月6日），頁1-3。

支那皆是如此,例如清水安三(1891-1988)[37]的《三民主義之研究及批評》也對支那國民性妄下論斷。他呼籲「支那通」和日本媒體,不應大聲疾呼關心道德禮教,處處貶抑中國的社會發展,表現無知與惡意。支那通和浪人圍繞著《順天時報》、《北京週報》,扶植腐敗的中國軍閥,散布造謠中傷的言論。周作人痛斥他們維護保守勢力、破壞革新,現實的外交政治危機更使他感受到中日之間文化交流的重要性。[38]〈逆輸入〉[39]談到最近有日本相法大師造訪北京,為政治人物看相。他說明自己對日本文化的喜愛,期許日本人切勿學習中國古代的野蠻與迷信,應致力於保存日本獨特的優美文化。江湖術士的伎倆,固然是中國古代文化的一環,倘若當今的日本接收了這樣的技藝,也無須來「報恩」。

論者胡令遠綜觀此一階段的周作人從民族文化的發展中,思考日本的民族精神與值得中國人效法之處,進一步求得日本對華文化行動的解釋。[40]〈日本與中國〉先區隔現實中的外交問題,想像一個文化的共同體:

---

37 〔日〕竹內好、橋川文三編:〈北京週報と順天時報〉,《近代日本と中國》上冊(東京:朝日新聞社,1974年),頁347。清水安三是日本組合教會第一次派到北京的牧師,常參與貧民兒童的崇貞女學校的活動,也撰寫文章投稿。
38 趙京華:〈周作人日本文化觀的形成〉,《周氏兄弟與日本》,頁213-215。
39 山叔:〈閒話拾遺(三三)逆輸入〉,《語絲》132期(1927年5月21日),頁12-13。
40 胡令遠:〈周作人之日本文化觀──兼論與魯迅之異同〉,《日本學刊》1994年6期(1994年11月),頁109-126。

中國人原有一種自大心,很不適宜於研究外國的文化,少數的人能夠把它抑制住,略為平心靜氣的觀察,但是到了自尊心受了傷的時候,也就不能再冷靜了。自大固然不好,自尊卻是對的,別人也應當諒解它,但是日本對於中國這一點便不很經意。我並不以為別國侮辱我,我便不以研究它的文化以為報,我覺得在人情上講來,一國民的侮蔑態度於別國人理解他的文化上面總是一個極大障害,雖然超絕感情,純粹為研究而研究的人,或者也不是絕無。[41]

他主張中國人有必要研究日本,不能以為日本在古代曾模仿中國、現在又模仿西方,因此就輕視日本。〈閒話拾遺(四七)文學談〉[42],提到從日文報上看到一篇關於「無產階級文學家的作品」的評論,文中的婦女戀愛觀等都還是舊式的頹廢思想。周作人由此反思,日本有些自稱無產階級的文學家,也差不多是以貧賤驕人的舊式名士,資產階級和無產階級有很多價值觀相去不遠,例如對婦女的壓迫,只是由不同的方式表現出來罷了。周作人此一階段著眼於人類文化,批評了民族自卑與自大的心理。[43]他期盼中日雙方能破除成

---

41 周作人:〈日本與中國〉,《京報副刊》國慶特號第3張,第17-18版,1925年10月10日。
42 豈明:〈閒話拾遺(四七)文學談〉,《語絲》138期(1927年7月2日),頁17-18。
43 王美春:〈第四章 「日本的什麼東西我都喜歡」〉,《從「先驅」到「附逆」——周作人思想、文化心態衍變研究》(成都:四川大學出版社,2010年),頁88。

見，在文化層面互相熟悉，方能消除日本對中國的侮蔑與輕慢。他反省「中國中心」思想，期許進行譯介與研究者，更應避免復古或自大，讓中國人有機會接觸日本的精神文明。

1920年代中期，周作人並未積極參與政治工作，透過日本文學翻譯與相關的創作，自由地投入了社會的改造，探索知識分子的道路與命運，展現對文學的藝術價值與社會功能的互補觀點，以「知日」的態度，促進中國的進步。

三 政治的「排日」

（一）清室問題

周作人關注北京的日本媒體如何傳播對中國的政治策略，其中以《順天時報》為最重要的觀察對象。《順天時報》是北京的日本漢文報紙，創立於1901年，1930年停刊。對照《順天時報》原文與周作人的文本，可以探討他對日本的政治立場。

他從《順天時報》的新聞批評軍閥如何對待溥儀（1906-1967），綜論日本如何介入清室問題。《順天時報》1924年11月初的社論〈戰亂收拾與外報〉[44]、〈政治清明與國民自覺〉[45]說當前的中國無法藉武力統一，嘲諷馮玉祥（1882-1948）軍隊回京之後，彷彿讓北京的局面從此歌舞昇平，軍閥之間

---

44 周作人發文前不久的新聞，或可印證他的部分觀點：〈社論：戰亂收拾與外報〉，《順天時報》第2版，1924年11月2日。
45 〈漫言：政治清明與國民自覺〉，《順天時報》第2版，1924年11月3日。

有複雜的利害關係，不可能依靠一二武人就達成政治清明的目標。皇帝出宮後，〈三百年清運昨日告終　國民軍實演逼宮劇〉[46]及〈清帝遷出皇宮之理由〉[47]，稱呼馮玉祥和手下的成員「上演逼宮奪印怪劇」，描述他們想奪取共和政體時代早已成為廢物的玉璽，可能別有居心。又如〈耐人尋味之逼宮事件〉[48]、〈對於宣統被逼之評論〉[49]繪聲繪影引用「某參列逼宮劇之角色」的說法，彰顯國民軍逼迫皇帝的手段惡劣，〈民國元老對逼宮之態度〉[50]引述段祺瑞（1865-1936）電報，指馮玉祥無法取信於天下，對於民國政府的信用有所損害。周作人在《語絲》創刊號發表〈清朝的玉璽〉[51]，比較北京民眾的看法以及日本媒體對軍閥驅除皇帝、索討玉璽的各自表述。民眾仍然迷信玉璽，相信皇室必須存在；日本媒體將民眾比喻為迷信玉璽的奴隸，或者可以被影射或利用的昏蟲，使中國受到損害[52]。幾週後，〈致溥儀君書〉[53]文末提

---

46 〈三百年清運昨日告終　國民軍實演逼宮劇：抉宣統出皇宮／提出五箇條件〉，《順天時報》第7版，1924年11月6日。

47 〈清帝遷出皇宮之理由：李石曾氏談話〉，《順天時報》第7版，1924年11月6日。

48 〈耐人尋味之逼宮事件：威風凜凜之國民軍〉，《順天時報》第7版，1924年11月7日。

49 〈對於宣統被逼之評論：內容與外間所傳佈者迥異／清遜帝儼同監禁失其自由〉，《順天時報》第7版，1924年11月7日。

50 〈民國元老對逼宮之態度：段芝泉連電嚴責／王聘卿同一憤恚〉，《順天時報》第7版，1924年11月8日。

51 開明：〈清朝的玉璽〉，《語絲》1期（1924年11月17日），第6版。

52 張菊香、張鐵榮編：〈1924年11月〉，《周作人年譜》（天津：天津人民出版社，1999年），頁269-270。他在11月9日、11月13日致信胡適（1891-1962），說自己本想發表罵《順天時報》的文章，因為該報說民主不適於

及皇帝出奔日本使館一事，據說溥儀在日本使館內可能還帶領一班遺臣，這對民國恐怕沒有好處。他虛擬寫信給「當過皇帝的人」，要喚醒人民，作皇帝並非如同成仙，如果中國人連這點都不能覺悟，那簡直無異於那些不熟悉中國文化的日本人、英國人，更說不上是已經徹底接受共和或者平等的觀念了。如果皇帝可能「復辟」，那必然也是在奴隸心態、遙想皇權的擁護下才會實現。民眾的奴隸心態如不改變，永遠以遺民自居，只會受到日方假造輿論公意的誤導。

周作人同時在《語絲》和《京報副刊》連續發表批判，《京報副刊》由《語絲》的成員孫伏園主編[54]，這是除了《語絲》之外的另一個話語陣地，發言更具有即時性的效果。〈李佳白之不解〉評論《順天時報》引述「美國進士」李佳白（Gilbert Reid, 1857-1927）反對修改清室優待條件，但是卻刻意不提復辟：

> 順天時報是外國的機關報，他的對於中國的好意與了解的程度是可想而知的，……我們只要看這些外國機關報的論調，他們所幸所樂的事大約在中國是災是禍，

中國，是傳遞復辟的思想。周作人：〈與胡適書二通〉，收入鍾叔河編訂：《周作人散文全集》3卷，頁73-75。編者註記出自《胡適來往書信選》。
53 周作人：〈致溥儀君書〉，《語絲》4期（1924年12月8日），第4-5版。
54 高豔紅：〈第一章　孫伏園和他主持過的重要副刊〉，《孫伏園的副刊編輯思想研究》（蘇州：蘇州大學碩士論文，2008年），頁6。1924年12月，孫伏園在魯迅的支持下，接受邵飄萍（1886-1926）邀請，主持《京報副刊》，1926年4月被軍閥查封。

他們所反對的大抵是於中國是有利有益的事。[55]

他認為外國人不能真正通曉中國事務,更遑論熟知民心。〈三博士之老實〉[56]提到京都帝國大學有三位教授聲稱打算接洽向中國當局,提議停止顛覆王道根基的亂暴行為,恢復清室。[57]周作人詮釋中日兩國對政治上的「革命」、「叛變」認知不同,是否保留「王道根基」該由中國人自己作選擇,不能由武力或政治利益來決定,博士們無須鍥而不捨,費力將自己民族的政治觀點加諸於中國。〈外國人與民心〉則說:

> 我對於外國的某一類文化還是很有趣味很想研究的,但我覺得這兩不相妨:賞鑒研究某一國的某種文化同時反對其荒謬的言論與行為。[58]

他勾勒某些受過教育的中國人像順民一樣感到不安,精神上籠罩封建陰影。〈介紹日本人的怪論〉[59]、〈日本人的怪論書後〉[60]、〈再介紹日本人的謬論〉[61]主題相近,日本東洋文化協會機關報《東洋文化》轉載上海春申社發行的日文報《上

---

55 開明:〈李佳白之不解〉,《語絲》4期(1924年12月8日),第6版。
56 開明:〈三博士之老實〉,《語絲》4期(1924年12月8日),第5-6版。
57 日本的天皇和中國的皇帝不同,天皇世代相傳,中國的皇帝則隨著改朝換代而改變,所以文中的日本學者難以認同中國人竟然「廢棄帝號」。
58 開明:〈外國人與民心〉,《京報副刊》第6版,1924年12月9日。
59 開明:〈介紹日本人的怪論〉,《京報副刊》第6-7版,1925年1月6日。
60 開明:〈介紹日本人的怪論書後〉,《京報副刊》第6-7版,1925年1月13日。
61 凱明:〈再介紹日本人的謬論〉,《京報副刊》第6版,1925年5月5日。

海》的文章，曰中國的民心未改，猶有思清之情，清帝絕無應當退位之罪，宣稱廢號遷宮是民國滅亡的預兆。周作人將其翻譯發表，也摘要翻譯西本白川（西本省三，1877-1928）的〈窮途之支那與宣統帝〉，精闢地評論日本人不應公然煽動復辟思想。他呼籲在上海的日本總領事應取締或禁止在別人的國土上宣揚這樣的狂妄論調，因為侮辱的結果就是自侮。他喜愛日本的文化，同時抗拒日本的政治干涉，仍舊對中國的未來有所期待。

溥儀離開宮室後，王國維（1877-1927）投湖自盡。《順天時報》的報導是〈繼屈平投江之王國維投昆明湖自殺：為勝國遜帝抱悲觀無愧于忠／赴頤和園以死了傷心千古〉[62]，讚譽王的忠誠之念極篤，憂慮皇帝安危，不堪煩悶而尋短。周作人〈偶感之二〉[63]談王國維之死，如果只因王有辮子，《順天時報》就引為「保皇黨」同志，突顯出日本如何藉媒體表彰遺老。他釐清王國維的學術性格，遺老身分造成學者的理想衝突與精神苦悶，走上絕路僅是個人的文化選擇。〈帝制的追求　編者按語〉[64]、〈再醮問題　編者按語〉[65]延伸解釋〈三博士之老實〉，《順天時報》由於對馮玉祥及其軍

---

62 周作人發文前不久的新聞，或可印證他的部分觀點：〈繼屈平投江之王國維投昆明湖自殺：為勝國遜帝抱悲觀無愧于忠／赴頤和園以死了傷心千古〉，《順天時報》第7版，1927年6月4日。

63 豈明：〈閒話拾遺（四十）偶感之二〉，《語絲》135期（1927年6月11日），頁10-11。

64 豈明：〈帝制的追求　編者按語〉，《語絲》138期（1927年7月2日），頁19-20。

65 右拉：〈隨感錄（六四）再醮問題　編者按語〉，《語絲》153期（1927年10月15日），頁18-19。

隊有私怨，屢次形容「逼宮」，是一種「春秋筆法」，引發糊塗的日本人如北京的日本記者、京都博士們的激憤，怪罪於國民軍，力謀復辟。他用「右拉」[66]、「豈明」筆名唱雙簧戲，要揭露《順天時報》的「義舉」，民眾應該繼續反對這擾亂中國的媒體，政府如果不取締就等同於媚外。

清室的文物與珍寶處理問題，《順天時報》的〈清室寶物公私產之分界及其保管方法〉[67]、〈教育界主張公開清室文物〉[68]指馮玉祥並未與其他軍閥協商，珍寶應由政府和清室共同管理，否則恐怕引發紛爭，教育界提議定期召開會議，研擬保存展覽方法。周作人〈謹論清宮寶物〉[69]指出清朝宮室被改為故宮博物院，遺老們看似忠心擁護皇帝，卻忽視文物獨特性，顯現短視近利、貪圖錢財的虛偽嘴臉。他撻伐報社「仗義執言」，是站在日方的立場，利用馮玉祥及其幕僚可能覬覦文物一事，挑撥軍閥之間的猜忌。中國的孱弱和軍閥內鬥，導致日本媒體有插手議論的空間。他不滿《順天時報》鼓吹不利於中國的訊息，清室問題的偏頗報導，證實了這精神的侵略。

---

[66] 《語絲》102期「閒話集成」專欄首篇序言，周作人開始自稱「語絲社閒話部主任右拉」，諷刺自比為左拉（Émile Zola, 1840-1902）、在《現代評論》負責「閒話」的陳西瀅。

[67] 周作人發文前不久的新聞，或可印證他的部分觀點：〈社論：清室寶物公私產之分界及其保管方法〉，《順天時報》第2版，1924年11月11日。

[68] 〈教育界主張公開清室古物：八校聯席會議議決絕對公開保存〉，《順天時報》第7版，1924年11月21日。

[69] 安山叔：〈閒話集成（二）謹論清宮寶物〉，《語絲》102期（1926年10月23日），頁17-18。

(二) 社會現象

　　《順天時報》對中國各地社會現象的報導，時常出現攻擊的宣傳。例如〈京郊各地方一片祈雨聲：有赴邯鄲請鐵牌說〉[70]、〈陳興亞昨在先農壇祈雨〉[71]、〈京畿前昨得喜雨四寸餘：乞雨者昨具謝降雨表〉[72]，記錄京兆尹李垣（1879-？）、警察總監等帶頭祈雨，庶民方外僧道人紛紛仿效，乃「光怪陸離之事」。周作人〈求雨〉[73]抨擊迷信行為，反思宗教的形式是社會時代的產物，中華民國人民將鬼神視為皇帝的老子或者伯叔兄弟，還嚴謹遵守主奴關係的宗教觀，才會跪拜叩謝。《順天時報》刊登官紳率領民眾長跪求雨的照片，在他看來是凸顯封建思想：顯然中華民國人民追慕帝制，復辟已經絕望，只能轉向現世以外追求滿足。

　　關於禮教問題，《順天時報》報導武漢〈打破羞恥　武漢街市婦人裸體之游行〉[74]，曰第一次有兩人上街遊行，第二次增加到八人，高聲叫著打破羞恥的口號，僅肩部掛薄紗籠罩全身，不異於百鬼晝行。此外亦曾登載「炫奇留影之嬉遊婦女」照片，或者京師警察廳嚴禁婦女異裝，聲稱一般婦女

---

[70] 周作人發文前不久的新聞，或可印證他的部分觀點：〈京郊各地方一片祈雨聲：有赴邯鄲請鐵牌說〉，《順天時報》第7版，1927年5月25日。

[71] 〈陳興亞昨在先農壇祈雨〉，《順天時報》第7版，1927年5月27日。

[72] 〈京畿前昨得喜雨四寸餘：乞雨者昨具謝降雨表〉，《順天時報》第7版，1927年5月28日。

[73] 豈明：〈閒話拾遺（四一）求雨〉，《語絲》135期（1927年6月1日），頁11-12。

[74] 〈打破羞恥　武漢街市婦人裸體之游行：第一次只二名第二次八名／游行時高叫打破羞恥口號〉，《順天時報》第7版，1927年4月12日。

服裝侈言歐化,有類服妖,即使是妓女服裝亦不可「故為妖冶,有傷風化」,皆應從嚴處置。[75]周作人強烈反駁:

> 《順天時報》是日本帝國主義的機關報,以尊皇衛道之精神來訓導我國人為職志……[76]

即使真有此事,來自文明國家的日本記者們,何以如此驚慌?女性對自己的身體有自主的管理權,倘若還以男性設立的單一美學尺碼來控制女性,無疑是野蠻習俗的遺留。周作人晚年回想此時廣東政府國共合作成功、北洋派政府即將坍臺,《順天時報》趁機造謠。[77]查考《順天時報》,〈打破羞恥裸體:遊行敢是謊〉[78]說武漢國民政府內某重要女士囑該報代表發言,否認有汙衊中華民族的謠言。〈漢口又傳來婦女解放運動新消息:裸體遊行是謊言=裸體講演實有/中山式服裝滿街=澡堂不分男女〉[79]敘述漢口婦女到澡堂要求伙

---

75 周作人發文前不久的新聞,或可印證他的部分觀點:〈警廳嚴禁婦女異裝:服之不衷身之災也〉,《順天時報》第7版,1927年4月12日。〈中央公園及各娛樂場:炫奇留影之嬉遊婦女〉,《順天時報》第7版,1927年5月14日。

76 豈明:〈閒話拾遺(二四)裸體遊行考訂〉,《語絲》128期(1927年4月30日),頁13-16。

77 周作人:〈《順天時報》續〉,收入鍾叔河編訂:《周作人散文全集》13卷,頁630。作於1962年1月5日,收入《知堂回想錄》。

78 周作人發文前不久的新聞,或可印證他的部分觀點:〈打破羞恥裸體:遊行敢是謊〉,《順天時報》第7版,1927年5月9日。

79 〈漢口又傳來婦女解放運動新消息:裸體遊行是謊言=裸體講演實有/中山式服裝滿街=澡堂不分男女〉,《順天時報》第7版,1927年5月14日。

計擦背,伙計去電政治部職員,獲得允許,才敢擦背。周作人〈擦背與貞操〉、〈關於擦背〉延續話題,指出《順天時報》承認捏造裸體遊行新聞,卻改說女子在澡堂擦背,是擁護舊禮教、中傷新勢力:

> 《順天時報》真可以說是世上絕無僅有的國際黃色新聞,由日本人在中國用中國文發行,專以侮辱中國、奴化中國人為事的,其荒謬狂妄直是言語道斷,而京兆人爭先讀之,實不可思議也。[80]

他質疑該報無中生有,奉勸日本記者先省察本國的文化及事實[81],否則就是昏憒和卑劣。他主張「在中國絕不能由外國人來辦漢字新聞」[82],關注媒體對社會的影響力,強調人民發言權的主體性。

至於女性的服裝儀容問題,《順天時報》也將其視為中國社會亂象。〈西歐各國取締婦女異裝〉[83]說希臘、美國、西班牙皆規定婦女不可穿短裙化濃妝,以免影響他人,妨害

---

80 豈明:〈閒話拾遺(三六)擦背與貞操〉,《語絲》133期(1927年5月28日),頁17。
81 日本江戶時代,錢湯就有為男女顧客擦背、整理頭髮、幫忙倒水等工作的服務員,男性稱為「三助」,女性稱為「湯女」、「垢搔女」。周作人認為日本記者大驚小怪,所以提出反擊。
82 豈明:〈閒話拾遺(五十)關於擦背〉,《語絲》139期(1927年7月9日),頁19-20。
83 〈西歐各國取締婦女異裝:禁止妖豔整飭風化〉,《順天時報》第7版,1927年10月12日。

風化，違反者將受拘捕處罰，父或夫亦需負責。周作人〈寧波通信　編者按〉[84]、〈希臘的維持風化〉[85]說裸體遊行和澡堂擦背早就被日本的漢文報起勁地宣傳，他指出日本風俗對裸體的接受程度遠高於中國，報導卻連結舊思想與貞操觀，專以侮辱中國人。〈山東之破壞孔孟廟〉也抱持類似觀點：

> 日本人專替中國來擁護禮教，維持道德，特別著眼於聖賢和男女之道，加以惡辣的指導或攻擊，這是我們中國人所應感謝的。[86]

他反諷帝國主義的日本對待中國最不講道德，造謠「赤化」亦無所不用其極，兩國的國體不同，日本不能以自己國家的標準來涉入中國的問題。〈好女教育家〉[87]、〈髮之一考察〉[88]記載《順天時報》讚許某女校的主任禁止剪髮的學生報考該校，此乃深明大義之舉。這兩篇應是針對〈女附中拒絕剪髮

---

[84] 編者：〈寧波通信　編者按〉，《語絲》152期（1927年10月8日），頁19-20。

[85] 周作人：〈希臘的維持風化〉，收於鍾叔河編訂：《周作人散文全集》5卷，頁161-162。作於1927年10月，收入《談虎集》。文中說的10月13日《順天時報》，實應是10月12日的〈西歐各國取締婦女異裝：禁止妖豔整飭風化〉。

[86] 豈明：〈隨感錄（一七〇）山東之破壞孔孟廟〉，《語絲》4卷33期（1928年8月13日），頁39-42。

[87] 山叔：〈隨感錄（十九）好女教育家〉，《語絲》145期（1927年8月20日），頁15-16。

[88] 豈明：〈隨感錄（八八）髮之一考察〉，《語絲》4卷6期（1928年1月21日），頁37-41。

女生入校〉[89]、〈世界進化中男女剪髮不剪髮問題〉[90]。報導說中國政府或學校當局對服裝和頭髮的管制是「以挽敝俗」、嚴厲整頓學風，日本警察也將剪髮女子視為墮落、將剪髮男子視為赤化，尤其女子剪髮正與裸體同樣屬於違禁。周作人點出問題：當女性教育家（女附中主任歐陽曉瀾）臣服於男性建立的美學標準而獲得讚揚時，眾多的中國讀者是否將依照日本的視角，詮釋中國的問題？被壓迫者接受長期的控制之後，唯一改變的方法就是變得比壓迫者更像壓迫者。倘若日本不允許女子剪髮，暴露了社會仍有蠻性的遺留，刻意報導更證實了對中國的惡意，用封建的道德觀撐起禮教的保護傘，干涉內政。他在此一階段在《語絲》發表過多篇關於女性議題的散文[91]，支持女性剪髮、受教育、解放纏足等，將其視為擺脫野蠻、邁向文明的表徵。他力主抵禦男性對女性的壓迫，亦反對日本在精神上對中國的歧視。他議論時局的多篇散文，要警醒中國人，如果失去文化主體性，才是最令人感到絕望的事。

（三）中日關係

周作人評論中日關係，會由北京的日本媒體例如《順天

---

89 周作人發文前不久的新聞，或可印證他的部分觀點：〈女附中拒絕剪髮女生入校〉，《順天時報》第7版，1927年8月7日。

90 〈世界進化中男女剪髮不剪髮問題：長髮男兒剪髮女子同遭不幸／男必其短女必其長習俗莫名〉，《順天時報》第7版，1927年12月16日。

91 例如〈上下身〉（12期）、〈拜髮狂〉（105期）、〈髮之魔力〉（105期）、〈穿裙與不穿裙〉（142期）等。

時報》、《北京週報》[92]、《改造》等,分析傳播的策略及其影響。〈是真呆還是假癡〉[93]、〈支那通之不通〉[94]提及《北京週報》。他反擊「支那通」給文化界、政治界人士冠上莫名的頭銜,誤導大眾。中華與日本的民族性格不同,無須費心居中擾亂;日本記者和支那通與其熱中於保護中國禮教、觀察中國人是否擁護孔學,不如多研究些日本的風俗。他回想自己曾拒絕《改造》總編輯的邀稿[95],在日本內地的人除了極少數之外,大多數想看中國文章的人,都帶著看猴戲一般的好奇心態。支那通、浪人用粗暴的分類行為,想讓中國在精神上成為日本的殖民地。至於《順天時報》被段祺瑞政府的教育總長章士釗(1881-1973)所利用,從社論就能知道日人決不能清楚知悉當前的中國。周作人的說法,應是指《順天時報》在1925年北京女子師範大學校內學潮之後,對學生運動的報導,曰北京多校學生響應女師大的學潮,學生認為聚集遊行抗議遭警察阻止,是章士釗指使,而致有包圍扭打章的「凶劇」,二、三百名學生闖入章的宅邸,搗毀家具與書籍字畫。章的照片在報上的標題是「鎮靜如恆之章教

---

92 竹內好、橋川文三編:〈北京週報と順天時報〉,《近代日本と中國》,上冊,頁346。1923年1月1日《北京週報》登載了胡適、高一涵(1884-1968)、魯迅等十位中國作家的文章,同年也介紹了廬隱(黃淑儀,1898-1934)、廢名(馮文炳,1901-1967)的小說。報社記者丸山昏迷、藤原謙兄曾訪問周作人,發表〈支那の思想界〉,也曾採訪周作人、李大釗(1889-1927)關於反宗教同盟的意見。

93 豈明:〈是真呆還是假癡〉,《京報副刊》第1-2版,1926年3月3日。

94 豈明:〈支那通之不通〉,《語絲》143期(1927年8月6日),頁1-3。

95 豈明:〈我們的閒話(十五)〉,《語絲》83期(1926年6月14日),頁16。

長」[96]，記者在社論中還呼告學生不應被人利用，作政治的活動。周作人剖析兩國的關係原不平等，日本以帝國主義對待中國，卻有許多中國政治人物或軍閥利用日本媒體，壯大自己的聲勢牟取利益。

〈讀《改造》〉[97]、〈致陳望道先生書〉[98]兩文主題都圍繞《改造》的「現代支那號」開展。周作人譏諷日本刊物為了維持禮教，審查中國作家稿件不遺餘力，用政治的力量遮蔽文學的真實。他以反語評述《改造》站在與中國實質利益的對立面，以取信中國讀者。陳望道（1891-1977）暗指周作人娶日本女子為妻，有親日嫌疑。周作人則質疑陳望道在《改造》發表文章，倘若用國家主義者的眼光「索隱」別人的私事，恐怕不能容許別人批評該刊的文化立場偏頗。〈我們的閒話（二八）〉[99]引述《讀賣新聞》刊登《改造》社長的發言，聲稱「現代支那號」只是想教「碰了壁的支那雜誌界一點編輯的方法……不然真的日支親善是不會出來的呀」。日本媒體號稱發行刊物是為了達成兩國親善，在北京文化界掀起的風潮，竟是讓作家經由媒體互相指涉與懷疑對

---

[96] 周作人發文前不久的新聞，或可印證他的部分觀點：〈學生團毆傷章教長之駭聞〉，《順天時報》第7版，1925年5月8日。〈五七風潮之繼續報告：風潮主動者之背影／昨日學生秘密開會〉，《順天時報》第7版，1925年5月9日。〈學生宜利用暑假組織全國社會觀察團〉，《順天時報》第2版，1925年5月25日。

[97] 豈明：〈酒後主語（二）讀《改造》〉，《語絲》92期（1926年8月16日），頁13-14。

[98] 周作人：〈致陳望道先生書〉，《語絲》90期（1926年8月20日），頁14。

[99] 豈明：〈我們的閒話（二八）〉，《語絲》89期（1926年7月26日），頁14。

方是否「親日」,可見兩國關係日趨緊張。〈感謝〉[100]記載得自日本通信社的消息,日本義勇隊兩百名參與中國內戰,被俘後現押解至南京。日本媒體會片面解讀或者發布各種關於兩國關係的訊息,周作人疑心許多新聞是子虛烏有,何以中國內戰需要外國義勇隊來支援?他無法相信日本人對中國的內政運作或外交處境能夠「好意」的參與,標題「感謝」實為反諷。

周作人1925年底談到浪人、支那通高唱日支共存共榮、中日親善的口號[101],他書寫兩國關係時,經常提到「排日」。他判斷日本新聞記者藉著報導,妨礙有利於中國的事、擁護有害於中國的人,吹捧張作霖與辜鴻銘(1857-1928),詆罵馮玉祥與郭松齡(1883-1925)等[102]。他的日本論原不乏深邃高遠的論點,例如中國不應以國際舊怨而輕視日本,但不能以此而容忍其無禮,提倡理性看待日本。[103]周作人喜

---

100 杞民:〈隨感錄(四)感謝〉,《語絲》141期(1927年7月23日),頁19-20。

101 周作人:〈神戶通信 附記〉,《語絲》58期(1925年12月28日),第1-2版。這是回覆張定璜(1895-1986)1925年11月30日寄自神戶的信。

102 《順天時報》對人物的評價,或可印證他的部分觀點:〈社論:東遊中之辜鴻銘翁〉,《順天時報》第2版,1924年11月6日。辜鴻銘:〈日本之將來〉,《順天時報》第4版,1926年1月16日。文中說:「要之,中國文明之純粹的產品,為今之日本。」〈社論:奉張入關與政局〉,《順天時報》第2版,1925年5月27日。〈郭松齡抗議日軍阻止郭部進駐營口〉,《順天時報》第2版,1925年12月17日。〈社論:京津間軍事之收束與馮玉祥氏之責任〉,《順天時報》第2版,1925年12月24日。

103 汪注:〈周作人對日態度的轉變:兼談周氏對日本文化的偏執化認同〉,《江西廣播電視大學學報》2010年4期(2010年12月),頁54-56。

歡日本生活,甚至常夢見日本的山水,在文化與政治之間徘徊不定:

> 有所愛便不能無所恨。真是愛中國者自然常詛咒中國,正如真愛日本的中國人也非做徹底的排日派不可。[104]

「日支共存共榮」對中國造成巨大衝擊與危險,在他眼中是侵略的代名詞。〈中日文化事業委員會為甚還不解散〉[105]、〈排日——日本是中國的仇敵〉[106],揭穿日本假稱「同文同種」,企圖幫助張作霖和李景林(1885-1931)等軍閥,陰謀復辟。他提議應散播不信任日本的種子,使大多數人民心中長出根深蒂固的排日思想;為真正的中日共存共榮,要從事持久的排日運動。他甚至大聲疾呼:「日本是中國的仇敵」,甚至「我們以為要保存中國起見不得不盡力排日」!周作人此時站在政治與外交層面,期許應該消除中國人民對日本的親近,反對一切日本對華行動,直言日本目前的「親善」是想由日本軍艦支援奉軍組織政府,未來將如同侵略朝鮮一般,將中國合併。他要喚醒中國人,不要迷惑於同文同種的說詞,〈排日平議〉也有相近論調:

---

104 作人:〈神戶通信　附記〉,《語絲》58期(1925年12月28日),第1-2版。
105 豈明:〈中日文化事業委員會為甚還不解散〉,《京報副刊》第1版,1926年1月14日。
106 豈明:〈排日——日本是中國的仇敵〉,《京報副刊》第1版,1926年3月16日。

> 對於世界列國,中國沒有一個比日本更應親善的,但也就沒有像日本那樣應該排斥的國家了。[107]

他的「排日」並非完全抗拒日本的一切,學問藝術的研究超越政治,日本有軍人內閣、又以出兵及扶植勢力為對華方針,所以中國應該在政治上「排日」。

周作人多次在散文中點出《順天時報》對兩國關係造成負面影響,〈日本與中國〉[108]反對該報繼續發行:

> ……日本如真是對於中國有萬分一(原誤)的好意,我覺得像《順天時報》那樣的報紙便應第一著自動地廢止。[109]

他痛切批評《順天時報》是妖言惑眾的漢字新聞,損人未必利己。他在文末也標榜應該要有獨立於「親日」、「排日」之外的取研究態度的獨立派,這就是周作人自己當時所實行的,以「知日」的姿態,排拒政治的日本。〈日本浪人與《順天時報》〉談到《北京週報》翻譯轉載〈日本與中國〉,編者在文後加註按語,聲稱周作人的文章言及浪人與媒體的

---

107 豈明:〈閒話拾遺(四九)排日平議〉,《語絲》139期(1927年7月9日),頁17-19。
108 張菊香、張鐵榮編:〈1925年10月〉,《周作人年譜》,頁298。〈日本與中國〉1925年10月10日發表於《京報副刊》,10月18日又在日文《北京週報》由記者翻譯發表,署名周作人。
109 周作人:〈日本與中國〉,《京報副刊》國慶特號第3張,第17-18版,1925年10月10日。原文「萬分一」應是「萬分之一」。

狂妄，皆為誤解。「浪人」原指清末民初在中國大陸活動的日本人士，從事日本政府對華策略的祕密工作等任務，常與政治、軍隊等有密切聯繫。[110]周作人說自己在別處發表說北京的日本商民中多有「浪人」，是指某些以中國為殖民地橫行霸道者，然後借題發揮：

> 關於《順天時報》我總還是這樣想，牠是根本應該取消的東西，倘若日本對于中國有萬分之一的好意。……何況《順天時報》之流都是日本軍閥政府之機關，牠無一不用了帝國的眼光，故意地來教化我們，使潛移默化以進于一德同風之域歟。[111]

《順天時報》親熱地稱中國為「吾國」，其實是以日本軍閥政府的標準，批評指導中國，自政治外交到社會家庭，企圖潛移默化中國人。[112]他勸《北京週報》秉持媒體良心，無須

---

110 趙軍譯：〈第一章　緒論〉，《辛亥革命與大陸浪人》（北京：中國大百科全書出版社，1991年），頁2-3。
111 周作人：〈日本浪人與《順天時報》〉，《語絲》51期（1925年11月2日），頁1-2。
112 周作人發文前不久的新聞，或可印證部分觀點：〈日本最近之對華態度：對時局嚴守中立／對關會抱樂觀〉，《順天時報》第3版，1925年10月26日。文中稱日本派遣軍隊到中國只為保護日僑生命財產，不會調動大軍致使華人恐懼。〈社論：日本對外交之機轉何謂乎〉，《順天時報》第2版，1925年11月1日。文中說「日本關於中國自主權收回之希望曾深加考量，且極為懇切。」、「日本之對華文化事業，其目的其事業，均超脫秘密譎詐壓迫權術及利己。」

為迴護「本國的同業」[113]，不斷協調與辯解。

　　三一八慘案後，〈我們的閒話（二一）〉[114]更認為北京的媒體也被執政者收買，將學生死傷之罪責歸罪於群眾領袖及教員校長。外國人辦的漢文報很難保持中立[115]，媒體也得以隨時妄談別國的政治了。〈讀《順天時報》　編者按語〉[116]是一位署名大學生的讀者來信，抗議媒體扭曲事實，周作人熱烈回覆，重申只要《順天時報》存在，他個人絕不會改變「排日」態度。〈日本人的好意〉質疑該報多次「挑剔風潮」[117]：

---

113 劉岸偉：〈虎を談る――順天時報〉,《周作人伝――ある知日派文人の精神史》（京都：ミネルヴァ書房，2011年），頁195-196。文中說《順天時報》的主筆是金崎賢（1878-？），他尊敬周作人的人格與學問。金崎賢表示中日兩國的利益原本是一致的，《順天時報》的報導並非都是他個人的論點。後來他撰寫〈中日俱樂部及兩國不諒解的原因〉，間接回應周作人的嚴厲批判。〈社論：中日俱樂部及兩國不諒解的原因〉，《順天時報》第2版，1925年11月12日。文中解釋兩國欠缺正確的相互了解，以及日本對華的外交政策轉變。

114 豈明：〈我們的閒話（二一）〉,《語絲》86期（1926年7月5日），頁9-10。

115 三一八慘案後的新聞，或可印證他的部分觀點：〈社論：專任外長之急務與大沽事件〉，《順天時報》第2版，1926年3月19日。文中描述熱心參與外交問題的民眾有許多「本因出於愛國之至情，遂至忘理性之為何物。」〈社論：國務院前之慘劇〉,《順天時報》第2版，1926年3月20日。文中說到：「……一言以蔽之，此次涉外問題之責任，全然存於軍閥、不存執政府，然民眾及民眾運動指揮者，明知此種事實、而不迫軍閥，徒逼執政府，其用意果何在乎。」

116 編者：〈閒話拾遺（五）讀《順天時報》　編者按語〉,《語絲》122期（1927年3月12日），頁17。

117 周作人發文前不久的新聞，或可印證他的部分觀點：〈排日風潮漸見瀰漫〉,《順天時報》第2版，1927年4月13日。〈社論：排日風潮之新激成〉,《順天時報》第2版，1927年4月15日。

> 《順天時報》是日本帝國主義的機關，⋯⋯現在日本人用了不通的文字，寫出荒謬的思想，來教化我們，這雖是日本人的好意，我們卻不能承受的。[118]

此文發表於1927年5月，周作人回想不久前北洋政府已完全是奉軍勢力，張作霖進入北京，國共合作的黨員被捕，李大釗犧牲，該報竟奉勸中國人應該苟全性命、勿輕舉妄動。他確認這是帝國主義宣傳隊實行奴化的手段，日本人可以用日文發表任何言論，但不應該用漢文來「教訓」中國人！〈可怕也〉[119]則說《順天時報》的社論分明利用「赤化」[120]，將宣傳排日扣上赤黨的帽子，〈再是《順天時報》〉更進一步表達個人的解讀：

> 日本漢文報是日本侵略擾亂中國之最惡辣的一種手段，《順天時報》則是此類漢文報中之最惡辣的一種。[121]

---

118 豈明：〈閒話拾遺（三一）日本人的好意〉，《語絲》131期（1927年5月14日），頁11-13。

119 山叔：〈隨感錄（十三）可怕也〉，《語絲》143期（1927年8月6日），頁21。

120 周作人引用「唯此時最應注意者，即有藉此為排日宣傳之材料是也，例如第三國際即專欲握此機會者也，其一欲使日本為難，一欲使中國混亂耳，⋯⋯國人不可為其術策所限也」，見〈社論：在青島中日人之鬥爭〉，《順天時報》第2版，1927年7月28日。

121 起明：〈隨感錄（二三）再是《順天時報》〉，《語絲》146期（1927年8月27日），頁17-18。

他回想自己常寫文章，批判這挑撥兩國關係的報紙[122]。他沉痛地表示：愚昧的中國人，爭先恐後購讀外國報紙，奉為精神食糧，這樣的中國自然會滅亡！

周作人在〈《雨天的書》序文〉[123]、〈兩個鬼〉[124]，陳述自己為何逐漸讓內心的「流氓鬼」主導意志。眼見中國的情勢危急，儘管心中的「紳士鬼」崇尚平淡自然，身處亂世，亦無法坐視不管。論者蘇文瑜綜觀周作人此一階段的思想，認為他寄望於知識分子群體，希望知識分子體會自身的文化處境，進一步勸阻同胞信靠日本。[125]周作人表明日本是自己所愛的國土之一，想像的日本與現實的日本有巨大落差，日本媒體利用輿論擾亂民心，進行精神的殖民，要在中國養成帝國主義的奴隸，實行文化與政治的雙重侵略。由此可以理解1920年代中期的周作人，關切中國與東亞的命運，一直與社會現實保持密切聯繫，強烈批判政治的日本，「排日」的散文展現了深刻的社會批評。

---

122 周作人發文前不久的新聞，或可印證他的部分觀點：〈社論：政治中心由政治家漸至軍人矣〉，《順天時報》第2版，1927年8月12日。〈社論：國民革命意氣之頹廢〉，《順天時報》第2版，1927年8月21日。〈社論：奉天派宜圖永久之成功〉，《順天時報》第2版，1927年8月24日。
123 周作人：〈《雨天的書》序〉，《語絲》55期（1925年11月30日），頁2-3。
124 豈明：〈酒後主語（一）兩個鬼〉，《語絲》91期（1926年8月9日），頁1-2。
125 〔英〕蘇文瑜（Susan Daruvala）著，陳思齊、凌蔓苹譯：〈第二章　多元文化的建構〉，《周作人：自己的園地》（臺北：麥田出版公司，2011年），頁122-124。

四　結語

　　論者木山英雄（1934-）曾經評述，周作人1925年任教於北京大學東方文學系，留學時代受到的革命思想洗禮，在《語絲》屢次表現出來，對帝國主義的批判與相關時事的評論，經歷日本出兵山東干涉北伐國民革命軍、四一二清黨的白色恐怖後告一段落，開始標榜「閉戶讀書」。[126] 周作人主編《語絲》時，實踐了編輯理念，在重大社會事件如女師大學潮、五卅事件、三一八慘案之中，和刊物同人並肩作戰，展現鮮明的批判性格。他個人在這個自由發表的話語陣地上，關於日本的散文也彰顯了「反抗一切專斷與卑劣」的風格。論者趙京華曾經分析他的日本觀大約在1925年初步形成，最初的日本研究是要尋找中日兩國的文化異同，終極目的在於公平理解日本民族的文明，為古今中國的文化研究、現代的新文化建設提供參考。[127] 對於日本的人情美與文學藝術之美，周作人心嚮往之，想從中國文化中追尋類似的精神質素。論及兩國文化的關係時，他常將兩者和希臘、羅馬作比較。[128] 倘若中國人想了解自身的文化及美學，必須回顧兩

126　木山英雄：〈周作人與日本——《周作人日本文化談》譯後記〉，收入木山英雄著、趙京華編譯：《文學復古與文學革命——木山英雄與中國現代文學思想論集》（北京：北京大學出版社，2004年），頁344-359。

127　趙京華：〈周作人與日本文化〉，《中國人民大學學報》1989年4期（1989年8月），頁106-114。

128　劉軍：〈序章　周作人與日本〉，《日本文化視域中的周作人》（上海：上海文藝出版社，2010年），頁8-12。他將周作人的日本觀，分為日本歸國開始的1911-1924年日本文學啟蒙時期，1924-1929年《語絲》批判日本時期，1935-1937年撰寫〈日本管窺〉等較有系統的時期。

國數千年來的文化交流，不能忽視日本的存在價值。論者許憲國概述周作人試圖劃分「政治日本」與「文化日本」，日本的政治行徑，干擾了周作人心中的文化想像。他的方法是將日本浪人與支那通，與日本民族作區隔，要將「政治日本」排除，維護心中「文化日本」的完整性。[129]

1920年代中期，他在文化方面透過「知日」的審美眼光，譯介了日本的純文學與通俗文學文本，致力於文學藝術的研究，撰寫評論，反思中國的精神特徵與社會現象。他肩負知識分子的使命感，在政治方面則以「排日」的犀利筆調，聚焦於《順天時報》等刊物，剖析日本以文明的領導者之姿，憑藉媒體傳播策略，涉入中國內政與外交。晚年的周作人曾經回顧自己1924-1927年彷彿匹馬單槍和形似妖魔巨人的風磨作戰[130]，企圖引導讀者辨別和抵禦帝國主義思想。面對兩國關係的劇烈變動，周作人在矛盾中流露渴望。為了維護中國的民族尊嚴，他以散文進行民族的自我譴責[131]，用超越政治的文化視角去解讀日本，呈現複雜的情感與文化選擇。

徘徊於文化的「知日」與政治的「排日」之間，周作人的言論激進勇猛，要追尋心靈的故鄉，卻顯現如同「流氓鬼」的散文風格，此時是他一生中對日本產生最多負面評價

---

129 許憲國：〈論周作人日本批評的內在矛盾〉，《北京理工大學學報（社會科學版）》19卷1期（2007年2月），頁33-36。
130 周作人：〈《順天時報》〉，收入鍾叔河編訂：《周作人散文全集》13卷，頁627。作於1962年1月4日，收入《知堂回想錄》。
131 開明：〈元旦試筆〉，《語絲》9期（1925年1月2日），第8版。

的時期。他在1928年發表「閉戶讀書」[132]的宣言後，散文主題逐漸轉向挖掘內心世界，藝術風格簡靜清雅，語言質樸，苦澀中耐人尋味。到了1930年代中後期，日本觀更明顯轉為冷靜。[133]對照文學發展脈絡與時代背景，對此一階段的周作人抱持同情的理解，便能詮釋他內心的矛盾糾結，本文已歸結出周作人1920年代中期日本觀的獨特意義。

---

132 周作人：〈閉戶讀書論〉，收入鍾叔河編訂：《周作人散文全集》5卷，頁509-511。作於1928年11月1日，收入《永日集》、《知堂文集》。
133 許憲國：〈論周作人對日立場的演變〉，《南京工業職業技術學院學報》6卷1期（2006年3月），頁39-43。

參考文獻

一　文本

周作人著，鍾叔河編訂：《周作人散文全集（修訂版）》，桂林：廣西師範大學出版社，2021年。

《京報副刊》。

《順天時報》。

《語絲》週刊。

二　論著

〔日〕木山英雄著，趙京華編譯：《文學復古與文學革命——木山英雄與中國現代文學思想論集》，北京：北京大學出版社，2004年。

王美春：《從「先驅」到「附逆」——周作人思想、文化心態衍變研究》，成都：四川大學出版社，2010年。

徐從輝編：《周作人研究資料（上）（下）》，天津：天津人民出版社，2014年。

陳　離：《在「我」與「世界」之間——語絲社研究》，上海：東方出版中心，2006年。

黃開發：《周作人研究九十年》，臺北：秀威資訊科技公司，2015年。

張菊香、張鐵榮編：《周作人年譜》，天津：天津人民出版社，1999年。

張鐵榮：《周作人平議》，天津：天津人民出版社，2006年。
趙軍譯：《辛亥革命與大陸浪人》，北京：中國大百科全書出版社，1991年。
趙京華：《周氏兄弟與日本》，北京：人民文學出版社，2011年。
劉　軍：《日本文化視域中的周作人》，上海：上海文藝出版社，2010年。
〔英〕蘇文瑜（Susan Daruvala）著，陳思齊、凌蔓苹譯：《周作人：自己的園地》，臺北：麥田出版公司，2011年。

三　學位論文

王世炎：《周作人與《語絲》》，濟南：山東師範大學碩士論文，2004年。
李京珮：《《語絲》文人群及其散文研究》，臺南：國立成功大學博士論文，2012年。
〔日〕朓黑茜：《周作人文學思想與日本關係研究》，臺北：東吳大學博士論文，2012年。

四　外文資料

〔日〕小川利康：《叛徒と隱士──周作人の一九二〇年代》，東京：平凡社，2019年。
〔日〕竹內好：《新編現代中國論》，東京：筑摩書房，1974年。

〔日〕竹內好、橋川文三編：《近代日本と中国》，東京：朝日新聞社，1974年，上冊。

〔日〕伊藤德也編：《周作人と日中文化史》，東京：勉誠出版，2013年。

劉岸偉：《周作人伝——ある知日派文人の精神史》，京都：ミネルヴァ書房，2011年。

本文發表於《民國文學與文化研究集刊》第10期。

新月再升:1949年前後的《西瀅閒話》

一　前言

　　陳西瀅(1896-1970),原名陳源,字通伯,江蘇無錫人。1922年獲英國倫敦大學政治經濟學博士,曾任北京大學外文系教授、中華民國派駐聯合國文教組織常駐代表。他最重要的著作是散文集《西瀅閒話》,收錄1925-1926年發表於北京《現代評論》[1]週刊的「閒話」專欄,加入其他作品,基本上寫作風格一致,1928年由上海新月書店出版。時隔初版近四十年,1963與1964年臺灣大林書店和文星書店推出新版《西瀅閒話》,1987年又有臺北水牛版[2]。

　　《現代評論》是1920年代中期北京重要刊物之一,內容包含政治與文藝。成員多半曾留學英美,在北京大學任教,主要負責人是王世杰(1891-1981),燕樹棠(1891-1984)、周鯁生(1889-1971)、錢端升(1900-1990)、彭學沛

1　《現代評論》週刊(1924年12月13日－1928年12月19日)。1927年3月發行138期時,移至上海出版,共出版209期、增刊3期。
2　大林版(1963年9月)、文星版(1964年1月)、水牛版(1987年1月),收錄篇章相同。

（1896-1949）等都曾參與編務。[3]文藝欄第一卷與第二卷由陳西瀅主編，第三卷後由楊振聲（1890-1956）負責。[4]發刊詞提及：「本刊內容，包涵關於政治、經濟、法律、文藝、科學各種文字。本刊的精神是獨立的，不主附和。本刊的態度是研究的，不尚攻訐，本刊的言論趨重實際問題，不尚空談。凡對於本刊，願錫佳作者，無論為通信或論著，俱所歡迎。本刊同人，不認本刊純為本刊同人之論壇，而認為同人及同人的朋友與讀者的公共論壇。」[5]發刊詞展現作家對思想和言論自由的追求，傳播媒介的認識與期許，希望開闢一個公正獨立且能與讀者交流的園地，對文化生產有所助益。當時的北京文學場域中，同人刊物內容圍繞當時的政治、外交、社會、教育議題開展，其中不乏由個人文學觀點移動到社會身分認知，以文學浮現個人文化經驗、知識分子自覺，生成具有象徵意義的專欄，由個人的聲音擴大為刊物的共同立場。

《現代評論》創刊之初，陳西瀅從1卷1期到1卷21期陸續發表散文十篇。「閒話」專欄從1卷19期開始，1卷22期起他幾乎每期發表，成為他專屬的園地，至3卷77期暫時告一

---

3 章清：〈第一章 自由知識分子的聚集及其人物譜系〉，《「胡適派學人群」與現代中國自由主義》（上海：上海古籍出版社，2004年），頁62-83。王世杰及周鯁生是巴黎大學法學博士，陶孟和（1888-1960）曾就讀倫敦經濟學院，高一涵（1885-1968）就讀日本明治大學，張奚若（1889-1973）是哥倫比亞大學碩士，丁西林（1893-1974）為英國伯明翰大學碩士。

4 西瀅：〈閒話〉，《現代評論》3卷65期（1926年3月6日），頁13。

5 未署名：〈本刊啟事〉，《現代評論》1卷1期（1924年12月13日），頁2。

段落[6]。結集出版時，分別冠以篇名，篇幅較長者，分為兩或三篇。《新月》雜誌廣告對此書的介紹語是：「前一兩年在每期的《現代評論》裏，大家看見過一位署名西瀅的文章，這些文章又輕輕的冠以『閒話』。漸漸的，看《現代評論》的人，不知不覺要先看西瀅的閒話——究竟西瀅是誰？閒話是什麼文章？為什麼人人要看？」[7]刊物對於獨立於政治集團之外的知識分子而言，是表達自我、獲取社會認同的渠道。專欄能反映刊物文學風格與思想內涵，作家以此表達自我，尋覓介入社會的途徑。如果以薩依德（Edward W. Said, 1935-2003）的說法，知識分子是流亡者和邊緣人、業餘者、對權勢說真話的人。[8]陳西瀅如何闡明知識分子應有的認知、態度與作為[9]，結合學識與政治關懷，文學與文化經驗，開展對話與辯證？

觀察1949年前後的《西瀅閒話》，上海新月版收錄專欄大多數篇章，刪除少數內容，臺北文星版又減少了數篇。1949年後，「民國」的文學發生了變化，主要原因是空間發生改變，包含客觀的政治環境以及作家身在臺灣的主觀感

---

6 「閒話」專欄開始於1卷19期（1926年7月10日）到3卷77期（1926年7月10日）暫停。4卷28期（1926年7月10日）重現，撰稿者為曹隨、象山、涵廬等，影響力並不深遠。

7 未署名：〈新月書店不日出版之新書〉，《新月》1卷2期，1928年4月10日，頁112。

8 〔美〕薩依德（Edward W. Said）著，單德興譯：〈序言〉，《知識分子論》（臺北：麥田出版公司，1997年），頁47。

9 單德興：〈緒論〉，《知識分子論》，頁21。論者認為薩依德強調知識分子關注再現的政治與倫理、反對雙重標準、強調文本與脈絡的關係等議題。

受。[10]《西瀅閒話》從上個世紀20年代來到60年代及其後，仍有表述空間。本文將考察從專欄到結集的內容與刪減版本差異[11]，試圖還原文本的文化語境，探究與比較《西瀅閒話》文本與時代對話性。

二　知識分子的角色

（一）知識與權力的關係

　　陳西瀅與《現代評論》同人，在1920年代中期的北京輿論環境中，扮演知識分子的角色，探討知識與權力的關係，以女師大學潮、五卅慘案主題較為重要。學潮的起因，是北京女子師範大學的女校長楊蔭榆（1884-1939），曾在《京報》發表〈本校十六周年紀念對於各方面之希望〉說「竊念女子教育為國民之母，久成定論，本校且為國民之母之母，其關係顧不重哉？」次年在《晨報》的〈致全體學生公啟〉則稱：「須知學校猶家庭，為尊長者，斷無不愛家屬之理，為幼稚者，亦當體貼尊長之心。」[12]她畢業於美國哥倫比亞大學教育系，接受西方思想，卻用傳統禮教，將校方與學生比喻為婆媳關係。1925年5月，楊召開國恥紀念會並擔任主

10　周維東：〈民國文學如何面對1949年的挑戰〉，《宜賓學院學報》17卷5期（2017年5月），頁4-6。

11　大多數「閒話」結集時才加上篇名，本文註釋引用臺灣文星版。未收錄的篇章，則引用上海新月版和《現代評論》原文。

12　轉引自陳漱渝：〈第二章　女師大風潮〉，《魯迅與女師大學生運動》（北京：人民出版社，1978年），頁19。

席,引發學生反彈。她用高壓統治管理方法,對學生施加束縛,藉由評議會名義,試圖報復開除學生自治團體成員許廣平(1898-1968)、劉和珍(1904-1926)等六人。學生公開「驅楊宣言」[13],指校長排斥異己、蹂躪女權,同時提出救國不忘求學、求學不忘救國的訴求。學生尋求師長的支持,魯迅(周樹人,1885-1936)當時為女師大的兼任教授,便擬定〈北京女子師範大學風潮宣言〉邀集周作人(1885-1967)、錢玄同(1887-1939)、沈尹默(1883-1971)等人連署,希望讓學生透過自治的方式與校方協議,撤換校長,改變辦學方針,期待援引輿論力量,維護女子教育的前途。楊求助於教育總長章士釗(1881-1973)[14],派警力支援對付校內抗爭。執政府企圖透過教育部的公權力壓制學生,決定停辦女師大[15],另設國立女子大學,學潮最終以承認兩所大學共存暫時落幕。

陳西瀅在〈粉刷毛廁〉、〈「管閒事」〉[16]描述學潮是表面上的問題,掀起了教育界的內部紛爭:

---

13 國立北京女子師範大學學生自治會:〈女師大學生自治會驅楊第六次宣言〉,收入薛綏之編:《魯迅生平史料匯編》第3輯(天津:天津人民出版社,1983年)。文末註明寫於1925年6月27日。
14 陶菊隱:〈第六十八章 直系失敗後的臨時政府和善後會議〉,《北洋軍閥統治史話》(臺北:印刻文學生活雜誌出版公司,2011年),下卷,頁265-271。章是段祺瑞(1865-1936)政府的司法總長,1925年教育界反對王九齡(1879-1951)做教育總長,段罷免王,改派章兼署教育總長。
15 章士釗:〈停辦女子師範大學呈文〉,《甲寅》1卷4期(1925年8月8日),頁1-3。
16 陳西瀅:〈粉刷毛廁〉,《西瀅閒話》(臺北:文星書店,1964年),頁57-58。陳西瀅:〈「管閒事」〉,《西瀅閒話》,頁183。

> 從前倘若學校鬧風潮,學生幾乎沒有對的,現在學校鬧風潮,學生幾乎沒有錯的。……到了這種時期,實在旁觀的人也不能讓它醞釀下去,好像一個臭毛廁,人人都有掃除的義務。在這時候勸退學生們不為過甚,或是勸楊校長引職辭退,都無非「粉刷毛廁」,並不能解決根本的問題問題,我們以為教育當局應當切實的調查這次風潮的內容……[17]

他斷言單純的學生恐怕受到有心人士操弄,報紙登載的教授宣言,是「在北京教育界占最大勢力的某籍某系的人在暗中鼓動……免不了流言更加傳布得厲害了」。「某籍某系」暗示浙江籍、任職於北大國文系的教師們,在背後藉團體之力干涉校務行政。這樣的指涉,引來魯迅[18]和周作人[19]激烈回應:學生的不滿,校長不及早解決,竟想釜底抽薪消滅風潮,整頓學風。連署的「浙江籍」學者們並非結黨爭鬥,「江蘇籍」陳西瀅與楊蔭榆才是同鄉勾結,政治力量介入

---

17 陳西瀅:〈粉刷毛廁〉,《西瀅閒話》,頁57。
18 魯迅:〈並非閒話〉,《京報副刊》第5-7版,1925年6月1日。魯迅:〈「碰壁」之後〉,《語絲》29期(1925年6月1日),第1-3版。《語絲》1-18期以版次標註,81期起則以頁碼標示。魯迅:〈我的「籍」和「系」〉,《莽原》7期(1925年6月5日),頁15-16。魯迅:〈「碰壁」之餘〉,《語絲》45期(1925年9月21日),第5-7版。魯迅:〈並非閒話(三)〉,《語絲》56期(1925年12月7日),第1-4版。
19 凱明:〈女師大的學風〉,《京報副刊》第7-8版,1925年5月22日。凱明:〈京兆人〉,《京報副刊》第7版,1925年6月1日。儀京:〈女師大大改革論〉,《京報副刊》第1版,1925年8月3日。周作人:〈與友人論章楊書〉,《京報副刊》第1-3版,1925年8月12日。

後，未來的教育界將是高壓與順從、忠誠與酬庸的關係！陳的評論，以知識分子立場看待抗爭中學生屢出常軌的行為，想出面主持公道，且顧慮教育界形象是否受損，影響教育未來的發展方向。周氏兄弟則是從倫理的角度，側重於道德觀照。魯迅和周作人的留日背景，對照陳西瀅留英的背景，對於陳和《現代評論》同人而言，公理是無需論證的概念，他們關注學潮是否合法及復校是否合理。周氏兄弟則從性別壓迫的層面支持學生，展現雙方思想話語的歧異。

女師大學潮看似教育問題，背後更複雜的是政治角力。陳刻畫中國人長久以來的性格是各人自掃門前雪，只要有十分之一的學生叫囂搗亂，仍可由少數人引發學潮。大多數學生即使心中完全不願意，也不會積極團結，阻止少數分子胡鬧。他將學生起而抗議的行動，視為逾越身分，學生沒有如此膽識，必定有師長在背後煽動鼓勵，才敢一步步爭取權益。〈走馬燈〉則敘述媒體在滬案發生後還繼續大肆報導北京學潮，本末倒置：

> 女師風潮實在是了不得的大事情，實在有了不得的大意義，為什麼呢？為了壓迫女師的是章士釗，章士釗是英日帝國主義的走狗，所以打倒章士釗就是打倒英日帝國主義的勢力啊。……外國人說，中國人是重男輕女的。我看不見得吧。[20]

---

20 陳西瀅：〈走馬燈〉，《西瀅閒話》，頁120。

他主張由政府單位調查校長和學生的糾紛，調和排解，雙方不該貿然採取激烈行動，應互相尊重對方的自由與權益。《京報副刊》的主編孫伏園（1897-1969）是魯迅的學生，登載丁騫〈不像樣〉、亞俠〈西瀅與楊蔭榆〉，抨擊西瀅自命為評論家、自居為「公理」的一方，用「無從知道」的狡獪手段，罔顧校長為求自保便妄加學生品行不良的罪名，不肯明說校長與學生誰對誰錯。「閒話」避重就輕，不能明辨是非，只疑心教育界某群體藉「流言」鼓動風潮，全然無視學生的發言權，讀者難以相信陳是秉持公正客觀的立場。[21]「閒話」常見的關鍵字是「公理」、「流言」，雖引來負面批評，亦凸顯作家勇於碰觸時事議題，反思文學場域受到政治權力干涉時，知識分子如何衝撞和自省。

（二）堅持批判立場

女師大學潮發生後不久，五卅慘案引發全國關注。由於公共租界工部局禁止報館登載事發經過，在訊息不對等的狀況下，北京的報紙發表的訊息，多半是對事發經過的複述或澄清。陳西瀅在〈五卅慘案〉認為「滬案是一個政治的問題」，現在必須讓全世界瞭解事實真相，北大的教職員和學生卻忙著到執政府請願、到段祺瑞私宅抗議。等到士兵對群眾武力相向，請願群眾悲憤填胸，幾乎發生流血慘劇，如果這時被打死，實在是不值得。他感慨這就是群眾的心理，也

---

21 丁騫：〈閒話之不像樣〉，《京報副刊》第7-8版，1925年6月4日。亞俠：〈西瀅與楊蔭榆〉，《京報副刊》第5-6版，1925年6月7日。

反省自己如何面對:

> 過去自己在國外處於旁觀地位,所以自己覺得是理智的動物,不易受感情支配的,現在知道自己的理智也不過這樣。[22]

他深信制度和法律能提供人民保障,《順天時報》同時幫助英日、《東方時報》面面俱到,中英之間兩面討好。他主張媒體言論立場持中,呼籲民眾抗議請願保持理智,確保人身安全才能進一步談論訴求,並非一味勇往直前。新聞交換組織的「聯絡」是必要的,才能與國外媒體聯繫,對抗包辦世界新聞的英日媒體的曲解,達到溝通目的。民眾瞭解事實真相,也具有宣傳效果。民眾運動應該遵循紀律,達成懲罰、賠償、保障的訴求,他始終對於民氣和媒體的言說力量抱持高度期許。《現代評論》2卷28期、29期全為外交議題,燕樹棠、王世杰、張奚若等發表澄清針對「愛國運動」的論述,避免與排外或赤化被混為一談。刊物同人完全信任法律、條約和程序[23],凸顯他們的政治經濟學術背景,也表現在強烈批判英日侵略手段的論述之中。

〈乾著急〉與〈多數與少數〉[24]評述五卅後的民眾抗爭,

---

22 陳西瀅:〈五卅慘案〉,《西瀅閒話》,頁78。
23 薛寅寅:〈第二章 民氣與實力:從五卅到三一八〉,《1920年代中期語絲派與現代評論派論爭話語研究》(北京:北京大學碩士論文,2013年),頁20-22。
24 陳西瀅:〈乾著急〉,《西瀅閒話》,頁81-84。陳西瀅:〈多數與少數〉,《西瀅閒話》,頁85-87。

不是暴動而是全國的義憤。他說明自己不贊成高唱宣戰，中國大兵殘殺同胞固然力量有餘，打外國人則缺乏訓練和設備，不妨據理力爭，透過外交手段要求英國撤回公使，派兵到租界保護人民。英國政府以民意為向背，不會因此對中國宣戰。他嘲諷中國人看不見自己的尊容，軍閥殺人遍野，眾人都不作聲，等到外國人殺少數中國人時才群情激憤，不能因為沒有糾正軍閥就不抵抗外人，希望藉由抵抗外人而獲得警惕。〈乾脆〉[25]以及〈參戰〉描述北京街頭的美國兵鬧事賴帳，百餘名群眾聚集看熱鬧卻沒有任何作為，「打！打！宣戰！宣戰！這樣的中國人！呸！」[26]他無法認同外交官員和租界軍警的高壓手段，中國人向來不容異己，任何人的言論自由都該受到尊重，國民的問題在於不團結。許多募捐團體能幫助罷工的工人，只有宣傳而缺乏組織，力量仍然有限。愛國運動風起雲湧，必須讓群眾理解抗爭的意義，並非一時衝動的口號，方能反省認清外部環境，衡量與其他國家的利害關係。知識分子應督促政府，重新評估各國對華政策，制定正確的外交方針，讓民眾運動成為外交的後盾。

1925年3月，孫中山（1866-1925）逝世。〈哀思〉[27]、〈中山先生大殯給我的感想〉表達悼念：

>……也許我受了英國思想自由的毒，我總覺得一個信仰必須有理智做根基，才算得是澈底的信仰，要不然

25　陳西瀅：〈乾脆〉，《西瀅閒話》，頁91-92。
26　陳西瀅：〈參戰〉，《西瀅閒話》，頁118。
27　陳西瀅：〈哀思〉，《西瀅閒話》，頁11-14。

> 只好算迷信。……究竟總得有徹底的信仰世界才會有進步。[28]

他讚譽孫的品德高潔，在孫中山的歷史影像上，投射個人對政治的願望與詮釋。他進一步從社會現象觀察國民精神特徵，描述人們欺善怕惡以及自私的性格，導致社會無法進步。〈民氣〉談及滬案看似已經解決，中國人卻不會覺醒：「無論如何，這樣的人民只配有這樣的政府，其實那高聲呼打的已經是好的了，其餘的老百姓還在那裡睡他們的覺。」[29]民眾需要被喚醒、被教育，然而大多數人寧願安於現狀，拒絕改變。

〈烏龜坐電車及其他〉[30]與〈飛機炸彈聲中的感想〉[31]，評述上海民眾做奴隸負責供給，西洋人當貴族負責享樂，中國人的能力不比洋人差，成功者都是欺壓同胞賺取外國人利益的少數人。中國人素來不團結，在首都就會把人命當兒戲，正如古代軍隊打仗，城破之後玉石俱焚，這就是我們的精神文明！〈苦力問題〉則說，「中國的所謂中上流階級，有的是嚴厲的面孔，在什麼事物裡都找不到樂趣，所以只好打牌逛窯子了，而且頂沒有的是幽默。」[32]他以北京洋車夫的生活水準為例，感慨貧富差距對於中下階層的壓迫。當時

---

28 陳西瀅：〈中山先生大殯給我的感想〉，《西瀅閒話》，頁2。
29 陳西瀅：〈民氣〉，《西瀅閒話》，頁146。
30 陳西瀅：〈烏龜坐電車及其他〉，《西瀅閒話》，頁103-106。
31 陳西瀅：〈飛機炸彈聲中的感想〉，《西瀅閒話》，頁251-254。
32 陳西瀅：〈苦力問題〉，《西瀅閒話》，頁229。

有讀者投書,聲稱根據調查統計,北京的洋車夫是最底層的勞動者,約有四萬餘人,大多數車夫的家人仍須外出謀生,無論拾煤塊或討飯。「閒話」遠遠高估了洋車夫的收入,知識階級和勞動者距離遙遠,瞭解十分有限。[33]

「閒話」廣受歡迎,也引來讀者質疑「閒話大家」[34]的文化立場。例如古淵〈「閒話」的價值〉:「有許多讀者我的確知道因為想看陳先生又在那兒說什麼,所以才破十枚的鈔,去買一本『現代評論』來讀。但是那『閒話』的價值何在,還沒有人知道。」[35]又如趙瑞生〈一堆閒話〉,標題「西瀅閒話的註解」:「二十世紀的言論自由,兩千年前孔夫子的聖訓,正是不謀而同。《現代評論》作者和讀者想必也是贊成我這個中西一體的議論的。」[36]不爭的是,「閒話」具有菁英意識,展現作者的保守、穩健和寬容,企圖維護自由理性的基本價值。他的文化選擇,是堅持批判的獨立精神。

三 知識分子的人文關懷

(一) 文學與文化經驗

1920年代,關於應該使用白話文或者文言文的議題,許多作家都曾公開表示意見。陳西瀅主張優美流暢而且能夠溝

---

33 李景漢:〈洋車夫的統計:答西瀅先生〉,《現代評論》3卷66期(1926年3月13日),頁267-269。
34 土肥:〈讀閒話有感〉,《京報副刊》第8版,1925年12月27日。
35 古淵:〈閒話的價值〉,《京報副刊》第8版,1926年3月2日。
36 趙瑞生:〈一堆閒話〉,《京報副刊》第4版,1926年1月21日。

通便是有價值的語言,也從新文學發展談到世界文學史,以散文的篇幅,簡潔勾勒自己的文學史觀。〈線裝書與白話文〉、〈再論線裝書與白話文〉、〈談世界文學史〉[37]綜述歐美文學史的作者必然有所侷限,將本國的文學討論得比較詳細,甚至見樹不見林。文學史應該為初學者或普通讀者打算,介紹真正的偉大作家與作品;為學者打算,研究文學的派別與源流。文學史有這些貢獻,也就成功了。歐洲的文學也可以作為中國新文學的陰斯披里淳,尊自由、重個性,是新的、活的文學應採取的途徑。他不主張完全拋棄線裝書,中國的新文學運動正在萌芽,胡適(1891-1962)、徐志摩(1897-1931)、郁達夫(1896-1945)、丁西林(1893-1974)、周氏兄弟等,都曾研究外國文學,獲得文學養分。〈中國的精神文明〉與〈文化的交流〉[38]則提出知識是精神文明的一部分,中國人多研究歐洲事物,要是只想著本國悠久的文明,專靠祖宗是不中用的。各國文學都互相發生、彼此影響,希望有志文學的人多飲些歐洲文學源泉裡的甘露,再期進一步的深造。

陳西瀅對比歷史,對各個城市的特質進行文化考察。〈官氣與洋氣〉[39]表達北京是官氣重、上海是洋氣重,可惜

---

[37] 陳西瀅:〈線裝書與白話文〉,《西瀅閒話》,頁213-218。陳西瀅:〈再論線裝書與白話文〉,《西瀅閒話》,頁219-224。陳西瀅:〈談世界文學史〉,《西瀅閒話》,頁293-296。

[38] 陳西瀅:〈中國的精神文明〉,《西瀅閒話》,頁239-244。陳西瀅:〈文化的交流〉,《西瀅閒話》,頁245-248。

[39] 陳西瀅:〈官氣與洋氣〉,《西瀅閒話》,頁107-108。

洋氣只學到洋人的腔調，沒有承載西方文明的正面意義。〈南京〉[40]說叉麻雀與狎妓是很普通的娛樂，平常人都需要娛樂，然而自己無法忍受六朝金粉的秦淮河，寧可想望著西化的電影院和戲園。〈中國式的外國醫院〉[41]描述北京的外國醫院蒼蠅亂飛、不講求環境衛生，甚至要患者自備傭人照護，是外國醫院被「中國文明」同化的特徵！

關於中西文化，陳西瀅對照物質與精神文明，認為中國在這兩方面都不如西方，即使抨擊過文化保守的梁漱溟（1893-1988）等人，對傳統文化流露讚揚與同情、讚揚西方文明時也貶斥西方文化的霸道。他感慨自己無法輕鬆跨越鴻溝，全盤否定中國並接受西方。[42]這是認同的危機感，有徬徨也有抉擇。他由個人的文學與文化經驗出發，面對西方文化處於強勢位置時，提倡對傳統的變革，當中國傳統文化處於強勢位置時，則發掘傳統中的積極因素，提倡對傳統的繼承。[43]

（二）文藝批評

《西瀅閒話》有許多篇章聚焦於文學與藝術，〈小戲院的試驗〉與〈民眾的戲劇〉[44]評述戲劇是娛樂民眾的藝術，

---

40 陳西瀅：〈南京〉，《西瀅閒話》，頁141-142。
41 陳西瀅：〈中國式的外國醫院〉，《西瀅閒話》，頁143-144。
42 嚴焱：〈第一章　橫跨在中西鴻溝上的邊緣人〉，《自由主義的落寞者——陳西瀅綜論》（西安：陝西師範大學碩士論文，2007年），頁7。
43 范玉吉：〈陳西瀅文化心態初探〉，《江南大學學報》2003年4期，頁49-50。
44 陳西瀅：〈小戲院的試驗〉，《西瀅閒話》，頁15-20。陳西瀅：〈民眾的戲劇〉，《西瀅閒話》，頁5-10。

中國舊劇包含聲、色、動的元素，舊戲不可能永久，令人愉快的新劇更值得提倡。戲劇的成功必須有劇本舞臺排演者演員及觀眾的合作，他希望將來中國也能接受外國的純粹對話劇或者歌劇，融合舊戲和新戲之長，吸引更多觀眾。〈空谷蘭電影〉[45]從上海觀眾對電影的接受現象，對照可惜中國影片最大的缺點，在於演員沒有表情的能力，外國電影節奏較快而中國影片則反之。〈剽竊與抄襲〉和〈著書與教書〉[46]談及歐洲的大學充滿藝術氛圍，往往因為有幾個人格偉大的教授，全校甚至全國的學風為之一變。中國從前的書院影響力深遠，不能完全歸功於治學方法，大部分得力於人格的陶冶，希望胡適等學者能兼顧著譯和教書，由人格的感化，養成好學的學風。

陳西瀅仰慕的外國作家，是羅曼羅蘭（Romain Rolland, 1866-1944）和法朗士（Anatole France, 1844-1924）。他印證羅曼羅蘭的信仰，是世界的和平，愛真理和公道，厭惡卑劣和虛偽，要用為了信仰而犧牲一切精神去創作有價值的藝術品，溝通人類的同感，驅除隔膜。西方的人本和理性精神，給予羅曼羅蘭進行文藝改革的勇氣。〈法郎士先生的真相〉、〈再談法郎士〉[47]勾勒出一位雋永飄逸的談話家面貌：這位什麼都懷疑、什麼都取笑的作家，筆下的閒話像水晶似的透

---

45 陳西瀅:〈空谷蘭電影〉,《西瀅閒話》, 頁233-238。
46 陳西瀅:〈剽竊與抄襲〉,《西瀅閒話》, 頁171-176。陳西瀅:〈著書與教書〉,《西瀅閒話》, 頁177-180。
47 陳西瀅:〈法郎士先生的真相〉,《西瀅閒話》, 頁185-192。陳西瀅:〈再談法郎士〉,《西瀅閒話》, 頁193-200。

明，如同荷葉上的露珠。那特殊的「愛倫尼」（irony）筆調，任何宗教、社會、政治信仰都束縛不住。1929年《申報》有一則評論〈法朗士與伊本納茲的旅行〉[48]，提及《西瀅閒話》很多則講到法朗士。陳的確積極傳播法朗士的文本，翻譯〈懷疑者的信仰〉[49]，《晨報副刊》六週年和七週年特刊上，亦發表譯作〈臺特希教授〉[50]、〈夢想的萬能〉[51]。那麼，法朗士的文學精神，他是否積極仿效？徐志摩曾說他學習法朗士對人生的態度，唯一的標準是理性，唯一的動機是憐憫。[52]節制的表現形態便是容忍，「閒話」在譏諷中有容忍，在容忍中有譏諷。這種紳士化的態度，將理性視為文學的重要因素，有節制的寬容，寬容之際流露反諷，理性作為節制的機關，是文學的構件。[53]他的文章呈現中庸的文化態勢、中西文化的碰撞，也是研究現代散文在當時錯綜複雜社會狀況中的珍貴資料。[54]

---

48 崇素：〈法朗士與伊本納茲的旅行〉，《申報》第34版，1929年10月9日。
49 法朗士著，西瀅譯：〈懷疑者的信仰〉，《晨報副刊》第14版，1926年2月25日。
50 法朗士著，西瀅譯：〈臺特希教授〉，《晨報副刊六週年增刊》，1924年12月，頁273-275。
51 法朗士著，西瀅譯：〈夢想的萬能〉，《晨報副刊七週年增刊》，1925年12月，頁311-318。
52 徐志摩：〈「閒話」引出來的閒話〉，《晨報副刊》第17-18版，1926年1月13日。
53 朱壽桐：〈第五章　多重景觀中的紳士文學觀〉，《新月派的紳士風情》（南京：江蘇文藝出版社，1995年），頁162。
54 陳嫻：〈從《西瀅閒話》看陳源雜文的藝術風格〉，《名作欣賞》2012年3期，頁90。

〈勸進表與偉人的傳記〉、〈利害〉、〈吳稚暉先生〉、〈吳稚暉先生的著作〉、〈新文學運動以來的十部著作（上）〉[55]，陳西瀅概括吳的文學思想與藝術風格，最有趣的是雜文，其次是書函。〈一個新信仰的宇宙觀與人生觀〉滑稽又莊嚴，大膽的精神具有前無古人後無來者的氣概。《現代評論》作為同人刊物，明確以吳為同道[56]，登載他寫孫中山、章士釗及軍閥的散文，〈苦矣〉還被周作人收錄於《中國新文學大系　散文一集》。羅家倫（1897-1969）在海外，來信說《現代評論》作者透顯出一種射他耳（satire，嘲諷）的文體傾向，背後有充分的同情、悲天憫人的感覺，但要當心不要流於冷笑或者犬儒（cynic）。羅家倫舉例說，吳稚暉鑄造新詞別有風趣，幽默而有「射他耳家」的特質，且能透徹中國人的生活狀況，抓住最小而特殊的地方表現全體。[57]陳西瀅十分贊同，「吳先生是中國最稀有的天才」[58]。陳敘寫人物常從細節入手，夾敘夾議，保持對敬重的人物之間親切平等的關係，

---

55 陳西瀅：〈勸進表與偉人的傳記〉，《西瀅閒話》，頁67-70。陳西瀅：〈利害〉，《西瀅閒話》，頁125-126。陳西瀅：〈吳稚暉先生〉，《西瀅閒話》，頁201-206。陳西瀅：〈吳稚暉先生的著作〉，《西瀅閒話》，頁47-48。陳西瀅：〈新文學運動以來的十部著作（上）〉，《西瀅閒話》，頁255-260。

56 馮仰操：〈吳稚暉對新文學家的影響〉，《海南師範大學學報》2013年3期，頁23-24。

57 羅家倫：〈批評與文學批評（通信）〉，《現代評論》1卷19期（1925年4月18日），頁16-18。〔美〕吉爾伯特・海厄特（Gilbert Highet）著，張沛譯：《諷刺的解剖》（北京：商務印書館，2021年）。satire亦有「諷刺」意義。

58 羅家倫、瀅：〈吳稚暉與王爾德（通信）〉，《現代評論》1卷20期（1925年4月25日），頁17-18。

例外的是對吳稚暉的推崇備至。[59]吳稚暉〈物質文明與科學〉副標題為「臭毛廁與洋八股」[60]，陳也曾有〈粉刷毛廁〉，隱然受到吳的滑稽大膽筆調影響。吳稚暉在宣傳現代新思想方面頗有貢獻，陳把私淑的情感帶入文中，向吳致敬，展現兩人的文學淵源。

1927年3月，《現代評論》改到上海發行。有論者嘲諷陳在北京政治局勢改變後，進退兩難：「現代評論派領袖陳西瀅，久已離京赴滬，殊不知該派之頭腦及言論，既不宜於討赤之北政府，又不合於赤化之南政府。現陳在滬上，極為無聊，已有行不得也之歎矣。」[61]此外也有論者描述，現今的青年以「閒話」作為寫作的範本、投稿的捷徑，用「閒話」的語調，內容空洞，卻抬出西瀅先生作他們的擋箭牌。[62]儘管爭議不斷，但也由此可知「閒話」幾乎被視為一種文體，彰顯這些文本在1920年代的重要性。

四　從「閒話」專欄到《西瀅閒話》

（一）1928年上海新月版

1960年代，蘇雪林（1897-1999）在臺灣評論陳西瀅一生的文學成就時，曾經簡略提及，在《現代評論》所讀的陳氏

---

59 吳福輝：〈「閒話」和「後話」〉，《讀書》1992年5期，頁118-120。
60 吳稚暉：〈物質文明與科學〉，《無錫新報》第6版，1924年1月1日。
61 饕英：〈行不得也之陳西瀅〉，《北洋畫報》第1版，1927年10月22日。
62 東瀅：〈西瀅先生的遺毒〉，《北京畫報》第3版，1930年11月9日。

時事文章，似乎比今日的《西瀅閒話》為多，也許作者自己刪去了[63]。哪些篇章被刪除了？比對《現代評論》與1928年新月版《西瀅閒話》，未收錄的是：〈北京的學潮〉、〈做學問的工具〉、〈白種人的生命〉[64]，〈閒話〉3卷54、55期，3卷65、68期[65]。此外，數則通信[66]，以及上海時期的篇章如〈閒話〉6卷139、140期[67]，三篇〈日本閒話〉[68]，均未收入。

---

[63] 蘇雪林：〈陳源教授逸事〉，《蘇雪林自選集》（臺北：黎明文化事業公司，1975年），頁152。

[64] 西瀅：〈北京的學潮〉，《現代評論》1卷9期（1925年2月7日），頁4。西瀅：〈做學問的工具〉，《現代評論》第1週年紀念增刊（1925年12月5日），頁61-64。西瀅：〈白種人的生命〉，《現代評論》5卷121期（1927年4月2日），頁1。

[65] 西瀅：〈閒話〉，《現代評論》3卷54期（1925年12月5日），頁8-9。西瀅：〈閒話〉，《現代評論》3卷55期（1925年12月12日），頁11-12。西瀅：〈閒話〉，《現代評論》3卷65期（1926年3月6日），頁11-13。西瀅：〈閒話〉，《現代評論》3卷68期（1926年3月27日），頁9-11。

[66] 羅家倫、西瀅：〈吳稚暉與王爾德（通信）〉，《現代評論》1卷20期（1925年4月25日），頁17-18。西瀅：〈楊德群女士事件（通信）〉，《現代評論》3卷70期（1926年4月10日），頁18-20。西瀅、陳志潛：〈一個小小的聲明：致現代評論記者（通信）〉，《現代評論》3卷78期（1926年6月5日），頁19。西瀅、楊禮恭：〈人口問題的討論：致現代評論記者（通信）〉，《現代評論》4卷81期（1926年6月26日），頁17-18。西瀅、胡適：〈整理國故與打鬼（通信）〉，《現代評論》5卷119期（1927年3月19日），頁12-17。

[67] 西瀅：〈閒話〉，《現代評論》6卷139期（1927年8月6日），頁10-11。西瀅：〈閒話〉，《現代評論》6卷140期（1927年8月13日），頁12-13。

[68] 西瀅：〈日本閒話 普選〉，《現代評論》7卷172期（1928年3月24日），頁9-13。西瀅：〈日本閒話 湯屋〉，《現代評論》7卷174期（1928年4月7日），頁10-12。西瀅：〈日本閒話 警治〉，《現代評論》7卷175期（1928年4月14日），頁14-15。

3卷54及55期〈閒話〉[69]，圍繞教育界的勢力爭奪現象開展。文中提到胡敦復（1886-1978）被段政府找去籌辦「國立女子大學」，只是因為他是章士釗曾經恭維的人。事實上，胡受到章的扶持，在此之前已有論者譏諷胡是「教育家」[70]，執掌大同大學，導致學校停辦，新學校豈不是「停辦在望」？胡身為學者，卻與政治人物親近，想必其中有利益交換關係。陳試圖以客觀的角度，說明馮玉祥（1882-1948）的勢力到北京後，章已去職，何必連帶批判曾受重用的學者，在強權與公理之間應該是非分明。既然女師大要恢復，不需刻意解散國立女子大學。女師大的教職員不應為私利而擾亂，學校教育界人士應給予學生一個安穩的學習環境。

1925年11月，北京學生在「驅逐段祺瑞」街頭抗爭後，搗毀章士釗私宅。陳西瀅回憶在柏林看過章自費購買的滿室社會主義德文書，群眾街頭抗議闖入章家，民眾運動的手段正如同過去推翻政權之後，就要焚毀宮室擄其玉帛子女一般。讀書人要自費買書生活清苦，珍貴書籍散失，「做學問的工具」[71]損失甚大。他呼籲北京的軍警盡責任，自由是最寶貴的東西，放縱是自由的仇敵。中國人民如果受了教育仍毫無長進，與清末的拳匪並無二致。他批評報紙的報導不可

---

69 西瀅：〈閒話〉，《現代評論》3卷54期（1925年12月19日），頁8-9。西瀅：〈閒話〉，《現代評論》3卷55期（1925年12月26日），頁11-12。
70 未署名：〈國情述要　章士釗堅決維持胡敦復〉，《清華週刊》346期（1925年5月8日），頁74。東禪：〈胡敦復與女師大〉，《京報副刊》，8版，1925年9月8日。
71 西瀅：〈做學問的工具〉，頁61-64。

靠，顯然媒體有刻意扭曲事實之嫌。周作人在《語絲》設計了「我們的閒話」[72]專欄，連續指涉陳和《現代評論》收受段祺瑞和章士釗的金錢作為辦刊經費。他以輕鬆的筆調，挑戰《現代評論》，「昔《新青年》有『什麼話』，《現代評論》有『閒話』，一時膾炙人口，紙貴洛陽。」[73]他諷刺政客收編媒體和知識分子，政客及其黨羽不會孤軍奮戰，必然有自居為屬下者，主動助其鞏固地位，引進政治力量，為己紓困。陳西瀅在3卷65期〈閒話〉[74]，極力澄清和章是君子之交，沒有因為捧章而領到三千元的津貼，連三個銅子都沒有拿，如果有誰能證明他收受津貼，他願意從此不再說話。這是陳少見的鋒芒畢露的文字。《語絲》登載川島（章廷謙，1901-1981）〈西瀅的吃嘴巴〉、〈再論西瀅的「吃嘴巴」〉[75]，說明陳揚言要請捏造「流言」的人「吃嘴巴」，僅能解釋他個人沒有拿錢，卻無法證明《現代評論》經費來源與政府無關。川島相信金錢足以支配媒體，絕對無法抵賴。1926年1月至4月，「閒話」成為頗具爭議性的話題。[76]

　　1926年的三一八慘案，是群眾聚集於段祺瑞執政府門前

---

72 71-90期，1926年3月22日至1926年8月2日。之後的「大家的閒話」、「閒話集成」、「閒話拾遺」專欄也對「閒話」念念不忘。

73 何曾亮：〈半席話（甲）〉，《京報副刊》第6-7版，1925年12月31日。

74 西瀅：〈閒話〉，《現代評論》3卷65期，頁11-13。

75 川島：〈西瀅的吃嘴巴〉，《語絲》70期（1926年3月15日），第11-13版。
　　川島：〈再論西瀅的「吃嘴巴」〉，《語絲》75期（1926年4月19日），第6-7版。

76 劉鳳翰：〈「西瀅閒話」的閒話〉，《文星》15卷5期（1965年3月1日），頁61。

廣場為外交問題請願,執政府的衛隊長卻下令向遊行學生和群眾開槍,死傷兩百多人。段祺瑞及北京國務院通電謂慘案是國民黨人鼓動所致,下令通緝李大釗(1889-1927)、李石曾(1881-1973)、徐謙(1871-1940)、魯迅等。民意壓力促使段政府召集非常會議,京師地方檢察廳進行調查採證,賈德耀(1880-1940)內閣引咎辭職。[77]陳在3卷68期〈閒話〉說道,死傷者中以女師大楊德群(1902-1926)女士最為可憐,她原本不大願意參加街頭請願,卻被一個教職員勉強她參加抗爭,不幸在混亂中中彈而死。婦女小孩身小力弱,未必有判斷力,身為父兄或師長的男性,應該負起責任,勸阻他們參加群眾運動。[78]《京報副刊》有多篇批判文章,例如周作人〈陳源口中的楊德群女士〉、〈恕府衛〉[79],孟菊安〈不下於開槍殺人者的閒話〉、秋芳〈可怕與可殺〉[80]。論者指出陳是現代評論社最替章士釗出力者,金錢的力量促使他「輕淡地」描述女學生平白犧牲頗為「可憐」,十分陰險。事實上,楊是熱心的愛國運動者。陳認為屠殺應由法律解決,將楊德群的犧牲歸罪於群眾領袖,簡直是捏造謠言顛倒黑白,〈閒話〉是為段政府出力轉移群眾目光,減少攻擊政府的力量。

---

77 劉希雲:〈《現代評論》如何面對三一八〉,《粵海風》2014年4期,頁41-43。
78 西瀅:〈閒話〉,《現代評論》3卷68期,頁9-11。
79 豈明:〈陳源口中的楊德群女士〉,《京報副刊》第4版,1926年3月30日。豈明:〈恕府衛〉,《京報副刊》第4版,1926年4月2日。
80 孟菊安:〈不下於開槍殺人者的閒話〉,《京報副刊》第5版,1926年3月30日。秋芳:〈可怕與可殺〉,《京報副刊》第5-6版,1926年3月30日。

關於三一八慘案的〈閒話〉，引起楊德群友人的強烈反感，聯名投書《現代評論》，說明楊是關懷社會，富有思想且大有作為，抗議陳描寫楊德群「平時開會運動種種，總不大參與」全為捕風捉影之談。陳西瀅在3卷70期回應，「如以為說楊女士那天沒有打算去開會就是誣蔑，我情願認罪」[81]，願意為自己未必確知她是否積極參與而道歉，但無法接受為什麼這句話被指控「欲為賣國賊減輕罪惡」。三一八抗爭是反抗外國的請願運動，流血的是無辜的愛國民眾，所以事後政府當然會稱愛國民眾為「暴徒」，以圖卸責。如今有許多人「睚眥之仇必報」，自己只是被抓住一點行文的缺失，就彷彿有比開槍的執政府衛隊更大的罪狀！他從知識階級監督政府的角度，反抗強權、針砭民眾，但在軍閥橫行的時代背景下，這種追求卻可能被曲解成是為政府暴行辯護。倘若知識分子無法為弱勢者發聲、和平民並肩反抗強權，那就等同於撲滅弱勢者爭取權益的機會。他的行文之中有超然事外的態度，堅定個人論點，重視知識分子的文化人格，強調自省和使命感。

　　1928年新月版沒有收錄的篇章，主要是陳與周氏兄弟的交鋒，既然紛爭已經落幕，他無意再現複雜的論戰過程。這種處理自然是考慮到維護《現代評論》的「不尚攻訐」宗旨，他必然也認識到，真正代表「閒話」的並不是這一類的

---

81 西瀅：〈楊德群女士事件（通信）〉，《現代評論》3卷70期（1926年4月10日），頁19。女師大的學生雷瑜等五人聯名投書。

文字。[82]這是「閒話」專欄與新月版《西瀅閒話》最明顯的差異。

(二) 1964年臺北文星版

對照1928年上海新月版與1964年臺北文星版，文星版又刪去了四篇：〈共產〉、〈流會〉、〈「首都革命」與言論自由〉、〈表功〉[83]。內容的共通點是對國民黨及相關政治人物抱持負面評價。他以反諷語氣論及共產制度已經在中國實行，世界各國的「共產」是勞動者去共資本家的產、平民去共富人的產；中國的共產大不相同，由官僚去共平民的產，侵吞公款、剝削平民。稅收方面，中國共產制度與英美資本制度相反，所以中國是共產的國家，官僚共平民的產的國家！東南風雲緊急，導致國民會議開不成會，某些國民會議代表為了當選，有些人動用孔方兄的力量，初選或複選時花了運動費但名利兩空。或許籌備已久的會議無法開會，讓這些人得到安慰了。文中的「共產」二字甚至「中國是共產的國家」，都是極敏感的文句。

---

82 顏浩：〈欄目設置與文體風格──《現代評論》的「時事短評」與「閒話」〉，收入夏曉虹編：《文學語言與文章體式：從晚清到五四》（合肥：安徽教育出版社，2005年），頁446。

83 新月版〈共產〉和〈流會〉，原為〈閒話〉2卷46期（1925年10月24日），頁11-12。新月版〈首都革命與言論自由〉和〈表功〉，原為〈閒話〉2卷52期（1925年12月5日），頁14-15。陳西瀅：〈共產〉，《西瀅閒話》（上海：新月書店，1928年），頁177。陳西瀅：〈流會〉，《西瀅閒話》，頁182-183。陳西瀅：〈「首都革命」與言論自由〉，《西瀅閒話》，頁223-226。陳西瀅：〈表功〉，《西瀅閒話》，頁227-231。

1925年11月29日，北京發生「首都革命」。天安門前的示威運動結束後，大批群眾聚集在《晨報》報館前，闖入搗毀設備，燒毀房屋。《現代評論》燕樹棠便批評道，群眾主力為青年學生，對付《晨報》的手段過於激進，是空前未有的侵犯出版言論自由的暴行。[84]這種說法呼應胡適稍早的主張，青年學生以求學為重，不應排隊遊街，投入政治活動。[85]陳在〈閒話〉[86]重申言論自由不得侵犯，也分析事件的背景和作用。燒報館者爭取的「自由」無非是自己的自由，言論主張「始終一致」的優良報社居然遭此厄運，完全是因為得罪了國民黨，但主張始終一致，不會隨時改變。《晨報》常常貶斥國民黨，始終態度穩健，反對軍閥、批評政府，這只是與當權者信仰不同，並不成什麼罪狀，堪稱稀有的、獨立奮鬥的報紙。陳談到軍閥割據時期，西北的馮玉祥、東北的郭松齡（1883-1925）、東南的孫傳芳（1885-1935）、廣東的蔣介石（1887-1975），都是兵力極充足的軍人與神出鬼沒的政客。儘管這些文本的主題早已不是「時事」，傳遞關於「領袖」或政黨的負面訊息，敏感議題全都無法在臺灣傳播，政治顧忌呼之欲出。

戒嚴時期的臺灣，魯迅及其著作被視為禁忌。陳西瀅以

---

[84] 燕樹棠：〈愛國運動與暴民運動〉，《現代評論》2卷52期（1925年12月5日），頁6-7。

[85] 胡適：〈愛國運動與求學〉，《現代評論》2卷39期（1925年9月5日），頁5。

[86] 陳西瀅：〈閒話〉2卷52期（1925年12月5日），頁14-15。

魯迅論敵的負面形象遺留於後世。[87]〈新文學運動以來的十部著作（上）〉評述《吶喊》，指出〈孔乙己〉、〈風波〉、〈故鄉〉的鄉下人，雖只是外表的觀察、皮毛的描寫，關於回憶故鄉的人民風物，多半是很好的作品。〈阿Q正傳〉更好，將來阿Q的形象會像魯智深、劉姥姥一樣生動有趣，永垂不朽：

> 我不能因為我不尊敬魯迅先生的人格，就不說他的小說好。我也不能因為佩服他的小說，就稱讚他其餘的文章。我覺得他的雜感，除了《熱風》中二三篇外，實在沒有一讀的價值。[88]

陳西瀅沒有完全否定魯迅的藝術技巧和文學理念，〈新文學運動以來的十部著作〉在臺灣各版皆未刪除，應是內容涉及質疑魯迅的人格與思想，因此得以保留。

　　1949年後，臺灣對《西瀅閒話》的接受，評論最完整的是梁實秋與蘇雪林。兩人的共通點，都與批判魯迅有關。梁在〈重印《西瀅閒話》序〉，對於陳的文學風格以及和新月書店的關係做了說明。他回憶自己和幾個朋友在上海開設新月書店，此書見解純正，文字優美，出版後成為書店的最暢銷書之一：

---

87 閻晶明：〈緒論〉，《魯迅與陳西瀅》（石家莊：河北教育出版社，2002年），頁2。
88 陳西瀅：〈新文學運動以來的十部著作（上）〉，《西瀅閒話》，頁259。

> 他的文字晶瑩剔透，清可見底，而筆下如行雲流水，有意態從容的意味。……可是這一本「閒話」，內容太豐富了，裡面有文學、思想、藝術、人物，可以說是三十幾年前文藝界的一個縮影。[89]

梁的筆鋒一轉，提到魯迅在幾冊雜感都將西瀅挑選出來作為攻訐對象，最得意的諷刺詞為「正人君子」，意味非正人君子。事隔三十多年，究竟誰是正人君子、誰是行險僥倖，這一筆帳可以比較容易的清算出來了。這些問題隨時帶背景而成為過眼雲煙，文學的價值是超越這些一時一地的特殊現象的。《西瀅閒話》的價值並不繫於這些筆墨官司。蘇雪林則說，陳西瀅推崇法朗士謔而不虐、風趣雋永的風格，但他也有個人的俏皮話。[90]他的每篇文章都有堅實的學問作底子，評論事理有真知灼見，尤其時事文章對政治社會的各種問題分析清楚，觀察深刻，文筆又修飾得晶瑩剔透，更無半點塵滓繞其筆端。[91]

1970年陳西瀅去世後，林海音（1918-2001）在主編《純文學》月刊的「近代中國作家與作品」專欄，選錄〈法朗士先生的真相〉、〈羅曼羅蘭〉、〈線裝書與白話文〉[92]。這個專

---

89 梁實秋：〈重印《西瀅閒話》序〉，《文星》13卷3期（1964年1月），頁54。
90 蘇雪林：〈陳源教授的愛倫尼〉，《中央日報副刊》，1970年4月28日。轉引自《蘇雪林作品集 短篇文章卷》第6冊（臺南：成功大學，2011年），頁208。
91 蘇雪林：〈陳源教授逸事〉，《蘇雪林自選集》，頁51-53。
92 《純文學》41期，1970年5月。

欄要為讀者「彌補脫節」，將當下臺灣的時間與1920、30年代中國的文學斷裂時間接續起來。時間的斷裂可以用文本縫合，介紹作家並重現作品，是回到文學性最好的方式。[93]林海音邀蘇雪林寫〈陳西瀅其人其事〉，蘇首先回顧魯迅得罪教育部長，被免去僉事官位，遷怒於《現代評論》一派。陳因「閒話」出名，也因「閒話」惹禍。「正人君子」辭嚴義正，然而「思想界權威」不可理喻，任何事端都要糾纏到底，兩人結了血海深仇，魯迅罵陳足足十年，至死方休。[94] 1980年代蘇還讚譽《現代評論》作者，辦刊物是按照當時情勢，依據自己的學問，對教育、財經、社會問題提供解決方法，並沒有「打倒這個、反對那個、壟斷論壇」之意。臺灣的讀者就把《西瀅閒話》來代表態度公正議論精闢的《現代評論》也未嘗不可，當年的讀者茶餘飯後談論的都是「閒話」專欄。內容以評論時事為主，也有中西文化異同的認知，文筆清靈雋永，飽含幽默意味，讀之令人點頭微笑，擊節讚賞。[95]她推崇陳，同時貶損魯迅的人品和藝術成就。

對照新月版和文星版，《西瀅閒話》在1920年代北京輿論環境中展現知識分子的使命感，1960年代的臺灣讀者可以碰觸「閒話」的文學特質和文化語境。作者以專欄作為理想

---

93 蘇偉貞：〈彌補與脫節：港、臺《純文學》比較〉，《不安、厭世與自我退隱：易文及同代南來文人》（臺北：印刻文學生活雜誌出版公司，2020年），頁244-245。

94 蘇雪林：〈陳西瀅其人其事〉，《純文學》41期。轉引自《蘇雪林作品集短篇文章卷》第6冊，頁118-119。

95 蘇雪林：〈第五十八章　現代評論與「西瀅閒話」〉，《中國二三十年代作家》（臺北：純文學出版社，1986年），頁554-555。

社會環境的出發點，發揚對民主平等觀念的追求，傳達對時事的意見與文化立場。他具備民主平等的社會機制和個人意識[96]，主張個人的獨立和自由、思想道德的啟蒙、藝術精神的獨立，倡導寬容的批評原則，力圖使文壇產生公平客觀自由的風氣。他選擇了改良之路，以求達到再造文化機制的目的。

五 結語

《西瀅閒話》最初由新月書店出版，《現代評論》的專欄結束後，陳在《新月》發表雜文與譯作僅十餘篇。從《現代評論》到《新月》，兩刊的辦刊方針、時代環境都不相同，但撰稿人大多具有英美留學背景，如陳西瀅、丁西林前後相繼。研究新月派的論者，也會將陳西瀅視為成員，探討「閒話」的文學風格。[97]1929年《時報》的一則廣告說：「再版《西瀅閒話》：西瀅先生是前幾年『現代評論』和『語絲』筆戰時候的主角。讀過魯迅《華蓋集》的人，不可不讀此書。」[98]顯見此書在當時是與《華蓋集》對應的文本。1930年代，阿英的《現代散文十六家》雖對陳的散文評

---

96 倪邦文：〈第五章　現代紳士的窘境：文化心態探析〉，《現代評論派綜論》（上海：上海文藝出版社，1997年），頁124-125。

97 朱壽桐：《新月派的紳士風情》（南京：江蘇文藝出版社，1995年）。方仁念編：《新月派評論資料選》（上海：華東師範大學出版社，1993年）。盧曉霞：〈陳西瀅與新月派〉，《桂林師範高等專科學校學報》2017年4期，頁93-96。

98 未署名：〈再版《西瀅閒話》廣告〉，《時報》第1版，1929年5月19日。

價不高[99]，仍將他列為當代重要散文家之一。周作人主編上海良友版《中國新文學大系　散文一集》[100]，則選入五篇。散文被收錄於具有文學史意義的選集，可以視為1949年之前《西瀅閒話》經典化的過程。

　　國共政局易幟後，陳西瀅出走中國。居住海外多年，他回憶當年為何寫作：

> 我最懶寫文章。《現代評論》的「閒話」一欄我答應繼續寫。每星期三晚必須寫稿，星期四必定交出，不好不寫，把我束縛上了，匯集成了一本書，以後不再有這樣的時間了。此時我也在《晨報副刊》寫過些文章，都沒有收集，例如我與周啟明、魯迅等的攻擊文章是在《晨報副刊》刊出發表的，我自己也沒有存稿，也無從找了。我與周氏兄弟的筆戰，始於《現代評論》、《語絲》等。[101]

「閒話」屬於散文隨筆的範疇，同時也是一種人生態度，一

99　阿英：〈陳西瀅小品序〉，《阿英全集》2卷（合肥：安徽教育出版社，2003年），頁644-646。原收錄於1935年上海光明版《現代十六家小品》。

100　周作人編：《中國新文學大系　散文一集》（上海：良友圖書公司，1935年）本文引用上海文藝出版社2003年7月影印版。入選的是〈線裝書與白話文〉、〈再論線裝書〉、〈中國的精神文明〉、〈文化的交流〉、〈新文學運動以來的十部著作〉。

101　陳源（遺作）：〈關於新月社：覆董保中先生的一封信〉，《傳記文學》18卷4期（1971年4月），頁23-25。

種感受把握文化的方式,支撐閒話的是非功利的自由的立場。[102]他崇尚人的自由和人格的尊嚴,在軍閥弄權的時代,堅持不主附和的獨立精神,保持著「紳士的臭架子」[103],以不和眾囂的寫作姿態,獨樹一幟,體現重建文化、改造社會的要求。[104]

1949年的歷史動盪與政治紛爭,形成的影響迂迴交錯,歷史修辭和政治敘述都有所不同,不同的觀點投射出不同的立場和世界觀。文學不只是文本的呈現,也是文化機制和行動,從宣傳出版到規訓壓迫的實踐。[105]當代的中國大陸論者,常因推崇魯迅,貶抑「閒話」的藝術價值。現代評論派被文學史家描述成反動教授、買辦資產階級文化集團,陳也成了聲名狼藉的人物。[106]戒嚴時期的臺灣,對五四作家與作品的傳播與接受,充滿禁忌與遮蔽,是文學傳統和文學記憶的斷裂。陳西瀅去世後,梁實秋說,「魯迅的文筆潑辣刻薄,通伯的文字冷靜雋雅,一方面是偏激僥倖,一方面是正人君子」[107]。陳紀瀅亦提及,梁實秋與西瀅都曾經是魯迅攻擊的目標,反而使他們「忠貞於正統思想、反對共產主義的

---

102 董炳月:〈閒話的態度與權力〉,《讀書》2003年8期,頁96。
103 陳西瀅:〈閒話〉,《現代評論》3卷53期(1925年12月12日),頁9-11。
104 劉希雲:〈第三章 創作:藝術人生夢想〉,《守望者的悲壯與無奈——20世紀30年代的自由派文人》(北京:中國社會科學出版社,2014年),頁118-120。
105 王德威、劉秀美:〈跨越,逾越,穿越〉,《中國現代文學》33期(2018年6月),頁1-5。
106 陳漱渝:〈陳西瀅與現代評論派〉,收入陳漱渝編:《魯迅論爭集》上卷(北京:中國社會科學出版社,1998年),頁264-265。
107 梁實秋:〈悼念通伯先生〉,《傳記文學》17卷1期(1970年7月),頁59。

立場，越發彰顯而傲視當代了。」[108]陳芳明認為，反魯迅的風潮在1960年代達到高峰，與魯迅有直接交鋒的文字在臺灣重新出版有關，以梁實秋、蘇雪林、陳西瀅為中心。在魯迅缺席的情況下，他們的文字自然影響了臺灣讀者的印象。[109]梅新則讚譽陳是真正的正人君子，認為「閒話」性質類似現今的報紙方塊，但是我們的社會進步太緩慢，使得有時間性的文章都成了長久性了，文中敘述的事，好像就發生在我們的四周。「閒話」適合任何一個時代的讀者，題材的普遍性展現了文學的永久性。[110]梅新對此書的藝術價值及文學史地位，抱持高度肯定。

　　《西瀅閒話》在臺灣，讀者眺望1920年代的文學環境，延續、深化、開展「民國」[111]的新氣象與新想像。陳西瀅的散文美學，透過時間和空間的旅行，繼續傳播。一本《西瀅閒話》呈顯了當年社會、文壇之縮影，跨越1949年，從上海到臺北，歷經政權鼎革，仍吸引不同世代讀者，自有其獨特的文學價值與時代意義。

---

108 陳紀瀅：〈陳通伯先生一生的貢獻──附倫敦《泰晤士報》悼詞〉，《傳記文學》16卷6期（1970年6月），頁42。
109 陳芳明：〈臺灣與東亞文學中的魯迅〉，收入王德威、陳思和、許子東編：《一九四九以後》（香港：牛津大學出版社，2010年），頁179。
110 梅新：〈正人君子的閒話〉，《正人君子的閒話》（臺北：大漢出版社，1978年），頁47-57。
111 張堂錡：〈從「現代文學」的「民國性」到「民國文學」的「現代性」〉，《文藝爭鳴》2012年9期，頁51。「民國」最動人也最成功的價值就在於「新氣象」與「新想像」。這些氣象與想像，最終因為連年戰事而被迫中斷或轉向，但它仍在很大程度上凝塑了一個時代的特殊氛圍與文化風貌。

參考文獻

一　文本

《京報副刊》。
《現代評論》週刊。
《語絲》週刊。
陳西瀅：《西瀅閒話》，上海：新月書店，1928年。
陳西瀅：《西瀅閒話》，臺北：文星書店，1964年。

二　專書

方仁念編：《新月派評論資料選》，上海：華東師範大學出版社，1993年。
朱壽桐：《新月派的紳士風情》，南京：江蘇文藝出版社，1995年。
倪邦文：《現代評論派綜論》，上海：上海文藝出版社，1997年。
陳漱渝：《魯迅與女師大學生運動》，北京：人民出版社，1978年。
陳漱渝編：《魯迅論爭集》，北京：中國社會科學出版社，1998年。
劉希雲：《守望者的悲壯與無奈——20世紀30年代的自由派文人》，北京：中國社會科學出版社，2014年。

閻晶明：《魯迅與陳西瀅》，石家莊：河北教育出版社，2002年。

〔美〕薩依德（Edward W. Said）著，單德興譯：《知識分子論》，臺北：麥田出版公司，1997年。

三　期刊文章

王德威、劉秀美：〈跨越，逾越，穿越〉，《中國現代文學》33期（2018年6月），頁1-5。

周維東：〈民國文學如何面對1949年的挑戰〉，《宜賓學院學報》17卷5期（2017年5月），頁4-6。

范玉吉：〈陳西瀅文化心態初探〉，《江南大學學報》2003年4期，頁49-50。

梁實秋：〈重印「西瀅閒話」序〉，《文星》13卷3期（1964年1月），頁54。

張堂錡：〈從「現代文學」的「民國性」到「民國文學」的「現代性」〉，《文藝爭鳴》2012年9期，頁49-51。

四　學位論文

薛寅寅：《1920年代中期語絲派與現代評論派論爭話語研究》，北京：北京大學碩士論文，2013年。

嚴焱：《自由主義的落寞者——陳西瀅綜論》，西安：陝西師範大學碩士論文，2007年。

本文發表於《民國文學與文化研究集刊》第7期。

許達然散文的作品精神與藝術風格

一　前言

　　出身臺南的許達然（1940-），本名許文雄，畢業於東海大學歷史系，哈佛大學碩士、芝加哥大學社會史博士，曾於牛津大學研究經濟史，是知名的歷史學者。1969年起任教於美國西北大學，2003年退休，獲聘為名譽教授，2007年受聘為東海大學講座教授。他很早就踏入文壇，1956年獲《新新文藝》徵文首獎，1965年獲得第一屆青年文藝獎散文獎，曾獲得文建會金筆獎（1978）、吳濁流文學獎（1980）、府城文學特殊貢獻獎（1998）、吳三連文藝獎（2001）、臺灣新文學貢獻獎（2005）等。

　　青年時代的許達然，1961年出版處女作《含淚的微笑》，收錄他高中時代起的散文，是創作初期的重要作品。如果把許達然散文創作分為三期，前期為《含淚的微笑》和《遠方》；留美任教、1970年代中期以後創作和出版的著作，則屬於創作的另一階段，書寫的題材大幅轉變，1985年之後又拓展新的藝術風格。論者陳淑貞分析此書出版後極為暢銷，奠定了許氏在文壇的一席之地，以純真的情感、崇高

的思想和熱切的關懷，打動讀者的心。[1]許達然從大學時代到中部求學，離開故鄉臺南，愈走愈遠、愈往北方遷移，旅居美國的時間已經兩倍於他居住在臺灣的時間。他曾經說：「倘若向南，南方有故鄉，但不願回鄉，故鄉在肩膀，你帶它帶出來流浪。決定向北，北方有什麼，你不知道，問風，風也不知道，走去就知道了。」[2]如果1960年代的許達然文學性格浪漫多情，離開家鄉之後，文學面貌是否有明顯的轉變？許達然創作以散文為主，亦曾出版詩集；筆者試圖聚焦於散文文本，論述他的作品精神及藝術風格的轉變。

二 作品精神

　　鄉土是許達然散文的重要主題，對家鄉臺南的召喚、回望，臺南的具體地景成為素材，在不同的篇章中摹寫、重寫，產生了一種構築的效應。對街巷的空間和各種古蹟反覆描述，成為表意的途徑；透過文化資源的聯想，將地景串連在同一個敘事系統中。在建築實體之外，創造並闡述文化的意義，讓地景與文字融合，成為特殊的留存方式。他的散文中，人與自然、時空與歷史不斷交互滲透，探討人和鄉土之間如何相互依存、實踐、轉化的種種課題。

　　許達然書寫故鄉，臺南圖書館、忠烈祠等處，都與讀書經驗有關。在凝視鄉土的議題上，許達然對於自己兒時經歷

1　陳淑貞：《許達然散文研究》（臺北：臺北縣文化局，2006年）。
2　許達然：〈畫風者〉，《遠方》（高雄：大業書店，1965年），頁77-80。

的農村環境與現實都市生活的反差,開始有深刻的體悟及描繪。他書寫臺南,融合了真實記憶的念舊情感,個人的小歷史透過地景的、空間的折射,尋求地方生命力的再現。想像與虛構,讓古老的市街穿越時空,點染「臺南人」的個體／群體記憶,集體記憶彷彿可以鍛接時空,創造出失去的椰子樹和鳳凰木,再現過去的街道,書寫流動的地方歷史。例如〈遠近〉:

> 我找到了赤崁樓,……感到天地很大,歷史很長,打了個哈欠。……我也走遠了後,卻喜歡別人問我老家在哪裡,但問的人越來越少了。[3]

文中提到南門城、東門城、延平郡王祠、赤崁樓,不一定知道路名但知道怎麼走,不需要地圖,地圖上的名字並不代表意義。生活的周圍因為有社交的活動、有動線人物、空間,透過內外互動的人際關係,建立了親切感和地方感,地方是愛的記憶所在。鄉土的地標,提高人的認同感。臺南在「我」的認知之中,平凡的事物承載了成長的經驗:

> 儘管文明人發明刷子肥皂拭洗,土依然是一種執拗,創造許多事實一些象徵;可貴的卑微,可喜的質樸,可塑的纖柔。卑微質樸纖柔塑我的記憶。記憶裡有一條蜿蜒伸進草地的土路,父親用牛車載爐灶到臺南擺

---

3 許達然:〈遠近〉,《土》(臺北:遠景出版事業公司,1979年),頁53-58。

地攤,……那次久旱,我才體會土簡單難懂。[4]

「我」追憶童年和少年時代,曾經住過土角厝,後來才搬到熱鬧的中正路,臺南老家對面是店,少年時代「我」常在早餐後到書店閱讀。從農村到市鎮,空間的轉換,他描述成長環境,寫作自己最熟悉的空間,由微小的事物、與人的互動建立了地方感,並且以人際關係為中心,彰顯「臺南」的獨特地位與意義。

書寫成長或懷鄉主題時,許達然常勾勒景致變遷、社群情感、文化風俗的綿延牽繫,例如〈想巷〉:

巷像狹隘人間,一橫無計畫的秩序,一列親切的簡陋。[5]

他將地方與個人聯結,長大後走出小巷到大街,巷還在而自己已是陌生人了,讓地方史與個人生命史交織。又如〈清明〉聚焦於農村土地的改變:

災後大家更痛惜土地,都市商人卻來收購,有的已改成魚塭,有的空等轉賣。不清不明,有一塊要起工廠宣傳是要製造就業機會。以前無機會選擇是我們的選擇,現在選擇其實無選擇,自己選擇做別人的事?[6]

---

[4] 許達然:〈土〉,《土》,頁145-146。
[5] 許達然:〈想巷〉,《土》,頁45。
[6] 許達然:〈清明〉,《土》,頁141-142。

傳統節日的清明節對照現實的一切不「清」不「明」，都市的商人計畫將農村土地變成工廠，製造就業機會。失去土地的人，抱著土地公離開，神明也不會指示大家應該何去何從。鄉土是一種價值觀，相對於都市的「進步」、工業的「文明」，鄉村的農業社會、自然環境才是應該守護、值得懷念的。從人和土地的互動，對自然的愛護到被迫離開土地或者把土地變成公路，把田園變成工廠，河流遭到汙染，動物遭到拘捕，許達然將「鄉土」的意義對應到整個生活方式的思考，彰顯人對鄉土的強烈附著性，讓「土地」承載的意義更繁複。他將地方書寫轉換成臺灣的縮影，受到社會影響後的「我」，記錄文化的演繹累積，用鄉土的變遷折射歷史的滄桑。

應鳳凰（1950- ）曾經分析許達然散文創作的時代背景，認為臺灣文學場域在1970、1980年代之交，經濟快速發展，臺灣文學思潮從「鄉土」到「本土」的轉化過程中，1979年許達然也出版了散文集《土》。1980年前後的文壇背景與社會狀況，足以作為詮釋許達然主要散文書寫策略及藝術風格的環境背景。[7]他站在原住民的立場、站在被殖民者的立場、站在被壓抑者的立場，從歷史的鏡子裡看臺灣的身影。例如1977年〈順德伯的竹〉：

祖先辛苦種的，防禦過土匪，抵抗過外番，死了又

---

7 應鳳凰：〈論許達然散文的藝術性與臺灣性〉，收入應鳳凰編：《許達然散文精選集》（臺北：前衛出版社，2011年），頁378-414。

栽。沒人能砍下那種拓荒反抗的精神吧！……古早造反，用竹竿掛旗，政府都沒對竹生氣。日本仔卻逼我阿公砍除，……其實是怕臺灣人圍著籬笆繼續抗日。……只因把自己比做竹，順德伯就有昇華不起來的固執。[8]

藉由「竹」的意象，強烈傳達面貌模糊但意識強烈的小人物堅忍形象，間接寫政經權力的轉換；竹子和種植竹子的土地，被形塑為人民生活狀況的修辭隱喻。又如1978年的〈奇〉[9]，寫少年參加永安宮佛祖巡境的經驗，舉著旗子卻不知道目的為何，由此聯想到過去百年的臺灣歷史；社會的信心、政治的信念，讓人民自願舉起旗子前進。民間信仰透過儀式維持，社會的和政治的目標則透過人民的眼睛、人民的旗子指出方向，看見未來。1979年的〈草寮〉[10]也有類似的主題和書寫策略，以草寮和住在草寮居民的生活為中心，刻畫自從鄉土情感流行後，沒有鄉土意識的人也利用鄉土了，真正「土」的人什麼都賺不到。如果回到「南方」[11]，如果可以誇示歸返家園身心和靈魂都得以安頓的愉悅，空間召喚著行動，檢點熟悉的景象、舊物，重複著昔日的活動，重溫留

8　許達然：〈順德伯的竹〉，《土》，頁9-14。
9　許達然：〈奇〉，《水邊》（臺北：洪範書店，1984年），頁49。
10　許達然：〈草寮〉，《水邊》，頁63-65。
11　范銘如：〈當代臺灣小說的「南部」書寫〉，《文學地理：臺灣小說的空間閱讀》（臺北：麥田出版公司，2008年），頁214-225。論文分析當代小說，筆者則由此開始聯想所謂的「南方」對於許達然散文是一個更廣闊的抽象空間及歷史概念，不僅限於他的家鄉臺南。

駐在這些場所的時光。又如〈亭仔腳〉,追溯空間景觀背後,歷史上的臺灣、拓荒者的血汗:

> 亭仔腳象徵開拓者一起伸出的手臂,共同豎起的懷念。……亭仔腳卻有十七世紀的樸素、十八世紀的實用、十九世紀的浪漫和二十世紀的舒適。[12]

他對照美國與臺灣,美國街上的屋簷和柱子撐著自家屋頂,臺灣的亭仔腳則親切溫暖,為行人遮風避雨。他凝視物件與空間感覺,書寫是社會事業與實踐的途徑。許達然眺望家鄉,用散文讓有限的個體與群體結合,建造人民生存的價值。懷念的場所浸潤著原初的情感,感受聯繫著這些場所的幸福,逡巡於記憶與現實的邊界,人文精神和鄉土情懷豐盈了他的散文。

早期許達然的抒情風格,可以從第二冊散文集《遠方》序文開始延伸觀察。他自述「一直想從貧乏的生命裡榨擠點什麼。外在世界一直很狹窄,只好以沉思擴展內在世界。也許因為這是我所熟悉的,不知不覺中我總是描繪這內在世界。想的雖是我,主角不一定是我。」[13]到了1970年代末期,散文書寫策略開始有明顯的轉變,聚焦於臺灣的歷史發展、人文風貌的反思。他認為文藝工作者必須出來表

---

12 許達然:〈亭仔腳〉,《土》,頁22-23。
13 許達然:〈簽署——代序〉,《遠方》(臺北:遠景出版事業公司,1978年),頁1。

達,批判戒嚴時期的政治,參與改革者被刑求、被囚禁,人應該靠著表達來實現現實,拒絕沉默。[14]他把地方與個人連結,人物的成長、尋根,側寫鄉土景誌變遷、社群情感、文化風俗的牽繫,讓地方史與個體生命交織。許達然站在農民的立場,看農夫在土地上輪耕著歷代的苦楚,在工業的入侵之下,生產者變成犧牲者。機器的加入,讓人與人的關係疏離,也造成城鄉差距。「我」從鄉土走來,持續關懷臺灣的農村土地隨著政府的減租政策等,以及工業先進國家的經濟入侵等議題。應鳳凰曾評價許達然散文從早期的抒情風格,關注內在的情感,到專注探討土地與人生的緊密聯繫,對現實世界作清晰的觀察,擷取創作的素材。[15]他以深刻的哲思,試圖用文學改革社會,展現切入現實的強烈意欲。

　　1980年代以後,許達然書寫鄉土與歷史的策略,由陳跡追溯地方文化淵源,反思臺灣對外族、或外國關係的歷史。他在1980年代中期受訪時提及,目前的鄉土文學大多表現無助感、哀憐,可惜仍缺乏寫出原住民及1949年以來選擇臺灣的人的困境與心聲。希望臺灣作家有勇氣作時代和社會的見證者和批判者,在歷史與文化下反省並鼓勵自己。[16]1985年之後,許達然散文創作又開創了新的藝術風格。他將空間經驗和個體的經驗合併,成為主體的歷史和記憶,例如1985年

---

14 許達然:〈表達〉,《吐》(臺北:林白出版社,1984年),頁17-20。
15 應鳳凰:〈論許達然散文的藝術性與臺灣性〉,收入應鳳凰編:《許達然散文精選集》,頁378-414。
16 本刊:〈文學與政治的歧途——訪許達然先生談臺灣現代文學〉,《春風》1期(1984年4月),頁10-19。

的〈房屋在燃燒〉：

> 我們只要繁榮，繁榮，榮煩了就焚起來。在這家，我們從土角厝住到水泥屋，便所從外面移入，情感從裡面搬出。聲音從祖先背漢文念日文轉到我們學漢語英語忘記母語。[17]

人的生活雖然便利了、街道繁榮了，語言也從漢文、日文到英文，語言的斷裂和居住方式的不同，隱喻臺灣人經歷過日治時期直到戰後的語言變遷。又如〈名〉[18]、〈清白〉[19]兩篇可以對照討論，許達然分析臺灣人取名喜歡表達各種譬喻和期望，臺灣人經歷了日治時期，帶著被殖民的悲憤。走出了悲憤之後，卻自願在崇洋的氣氛中，把自己的名字改成洋名「僵」、「力殺」、「難洗」！被顛倒的不只是姓名，還有觀念、意識和良心，正如同黑人接受白人給的姓名，就再也找不回非洲的原始。姓名是一種認同，承擔著歷史的痕跡。姓名的聲音與符號的意義，延伸出對臺灣殖民經驗和現代西化思想的討論。方瑜（1945-2024）認為此一時期的許達然，善於經營篇章，詞語的選擇安排，散文對勞苦沈默的人、被切割竄改的歷史，有深切的憤怒予同情，對於個人

---

17 許達然：〈房屋在燃燒〉，《同情的理解》（臺北：新地文學出版社，1991年），頁170-171。
18 許達然：〈名〉，《吐》，頁25-28。
19 許達然：〈清白〉，《吐》，頁95-97。

主義評價不高,且有時過於激切。[20]論者王韶君認為許達然散文在對家鄉的追憶中呈現對農村都市化後的不同景致,例如〈路〉、〈防風林〉,當外在環境的問題浮現之後,許達然也刻畫人對人的關懷逐間稀薄,由表象深入核心本質,掌握空間感甚於時代感的強調。[21]1990年的〈去看壯麗〉[22]亦然,海給予他歷史的聯想,四百年前漢人航海而來,奮鬥建立新社會,可是島卻因為貪婪與權利而處處受創。島嶼的最南端,對於不是此地居民的官僚卻將此地當作發電與發財的起點。即使飄洋過海,人還是不能離開自己生長的土地。海的變動與流動,隔絕與飛越,都是為了尋找、回歸有情的土地,藉由海的變動特質對應土地的穩定。

臺灣歷經從農業到工業社會的過渡與改變,身處異鄉的許達然,書寫臺南、臺灣甚至擴大到整個「鄉土」概念的時候,物我的流轉與人事的感傷成為內在的矛盾。近鄉情怯,如果農耕生活的勞苦必須改善,改善的結果是失去與土地的血脈相連之感。他以歷史的視角,觀察與刻畫鄉土的文化記憶。他從來沒有忘記農村和鄉土,土地與人的關係、大自然與人的親密,都是《人行道》書中比較清晰的脈絡。許達然用字簡潔,鮮少對事物有直接激烈的批評,常以片段的對話塑造情節。簡單的意象刻畫人物和心境,勾勒出人類在資本主義的壓迫之下,失去土地也失去自我的異化現象。中年以

---

20 方瑜:〈孤獨者的素描冊〉,《中國時報》第23版,2002年3月24日。
21 王韶君:〈剖析現實的層理:論許達然散文中的人間表象〉(臺北:臺北教育大學臺灣文化研究所第二屆研究生研討會論文,2005年5月)。
22 許達然:〈去看壯麗〉,《同情的理解》,頁9-12。

後的許達然,在書寫策略上,「我」對歷史與社會展現更強烈的自覺意識,以冷筆寫熱情。

三 藝術風格

許達然有兩套筆墨,寫嚴肅的歷史和文學論述,也寫抒情的詩文創作。〈想巷〉[23]、〈那泓水〉[24]流露對農民與勞動者的同情,〈普渡〉[25]、〈土〉[26]寫原鄉情結,從他的論述中可以進行對照,探討其創作的脈絡。1982年,他在美國計畫和幾位朋友組成「臺灣文學研究會」,楊逵(1906-1985)赴美時得知消息,也鼓勵有加,後來在研究會洛杉磯成立,主張以西方文學社會學的理論研究臺灣文學。1983-1984年許達然在臺灣,此時出版的《吐》收錄的多半是鄉土文學論戰之後撰寫的篇章。他在2001年獲得吳三連獎之後曾在接受訪談時提及,雖然當時很希望將社會學或文學社會學帶到臺灣的文學研究之中,但「臺灣文學」一詞在官方認為不妥,因此在當時並沒有立刻進行相關的方法論的研究。[27]他自述在牛津大學研究經濟社會史時,在思想方面比較傾向社會主

---

23 許達然:〈想巷〉,《土》,頁45-49。
24 許達然:〈那泓水〉,《水邊》(臺北:遠景出版事業公司,1984年),頁5-7。
25 許達然:〈普渡〉,《土》,頁95-101。
26 許達然:〈土〉,《土》,頁145-150。
27 莊紫蓉:〈在文學與歷史之間:專訪許達然〉,《面對作家:臺灣文學家訪談錄》(臺北:吳三連史料基金會,2007年),頁23-32。

義,希望政府可以照顧資源較少的群體,儘管社會不可能公平,仍然期望建構一個有良心的社會。這些觀點可以對照許達然的論文,如何同時以創作和論述,建構與實踐文學觀。〈臺灣的文學與歷史〉[28]提到臺灣的文學發展,尤其是1945年以後,更與社會、政治、歷史緊密連結。人在社會、歷史和文化中存在,寫作時這些元素都會有意無意地邁入和介入構思。〈介入文學〉[29]則主張作者有意識、責任感和立場寫人物介入人生和社會內容的文本。作者在歷史意識、集體記憶和個人判斷的歷史情境裡,追尋和介入。在社會情境中,介入文學是自我和社會的對話記錄。人離不開語言、思考就是表述,都在語言裡。人在語言裡存在、思考、行動,寫下個人或社會經驗和意識,以及權力關係。

在每一冊散文集中,許達然很少寫自己的事或生活瑣事。中國大陸出版的《藝術家前》、《芝加哥的畢卡索》、《遠近集》、《為眾生的悲心》皆為散文選集,文本多半選自《土》、《水邊》、《吐》,呈現許達然1970年代末期至1990年代的創作成果。其中《遠近集》[30]有作者簡短的自序,提到這本書寫所思臺灣,也寫海外所看,寫臺灣時用些臺灣話,希望方言的應用可以豐富文學的表達。在大陸出版的選集,都收錄了〈感到,趕到,敢到——散談臺灣的散文〉。這篇評論文章寫作於1977年6月,最初發表於《中外文學》,顯然

---

28 許達然:〈臺灣的文學和歷史(下)〉,《臺灣文藝》114期(1988年11-12月),頁78-93。
29 許達然:〈論介入文學〉,《新地文學》1卷1期(2007年9月),頁9-40。
30 許達然:《遠近集》(北京:中國友誼出版公司,1988年)。

被視為許達然最早以文學史視角剖析臺灣散文發展的重要論述。他將臺灣的散文分為雜文、抒情文、小品文、遊記，以此標準觀察，他個人的創作多半是雜文，充滿人生觀察與社會批評，從諷刺到幽默，的確「感到」、「趕到」、「敢到」，用大家的語言抒發大家的情思，寫實的意蘊比只寫自己的抒情、自己的感受更有意義。他寫出自己的觀察、隱喻消息的篇章，因為文學是社會事業，寫作不可能擺脫社會。他寫農民、工人的辛勞，寫他們努力工作，人與生產之間的疏離感，延伸到臺灣社會上，隨著全球化、資本主義化、商品化，人際關係疏離，關係物質化，人民期望的和現實有差距，在經濟社會的轉型期間，就產生了疏離感。郭楓（1933-）曾經評論許的寫作態度，認為作家要成為時代的證人和社會的良心，必須看作家具備的人格，而人格是本性與學養的總和。[31]郭楓高度肯定許達然在學術與創作之間的結合，從歷史中尋找民族與社會問題的出口。

　　許達然的散文關注被忽視和歧視的對象，弱勢的小人物和團體，觀察社會問題包含被殖民的困境、經濟制度的剝削、階級的壓榨和社會的凶殘等。作者省思自己的存在，同時關懷別人的存在。散文中的「我」肩負社會責任感，領悟自己的存在也對別人的存在負責，傳遞關懷。例如《人行道》，多半探討種族、文明、壓迫者與被壓迫者的問題。「我」細膩剖析了臺灣如何面對工業化、都市化，富有省思

---

[31] 郭楓：〈人的文學與文學的人——許達然散文初探〉，收入許達然：《人行道》（臺北：新地文學出版社，1985年），頁5-6。

和批判的意義。文本透顯積極的態度和明確的目標,建構個人和群體的主體性。他用散文有意識的參與和行動,進行個人和情境相互介入的敘述,實踐了「介入文學」。二十世紀臺灣介入文學的內容中,描繪的主題是疏離,敘述的主題是抗議,企圖主觀的揭露、諷刺、批判現實,敘述人物的介入、介入的動機、有主體性的建構。[32]以此對照,許達然的散文,提到城鄉差距、都市開發、文明進步等,都談到人與人之間離開鄉土的疏離與不安。他個人抗議著文明對自然的殘害,抗議著資本主義對農村和農耕生活的破壞,以及傳統價值觀的崩毀。

對於資本主義社會的弊病,許達然有透徹的認識。他旅美多年,書寫異國生活所見所聞的篇章並不多,較重要的是1970年代的〈山河草〉[33]以及1980年代的〈臨時工〉[34]、〈上街〉[35]等。「我」感受到的是美國生活的秩序與規律,人際關係的疏離與冷漠。河流和草地雖然乾淨,卻隔離了大學與貧民區,大學裡有知識分子討論著社會意識,無視於貧民區的存在。被壓迫者永遠是被壓迫者,失業者和飢餓者只能吶喊,遊行也無濟於事。他寫的是希望與同情,寫的是毀壞。例如〈疊羅漢〉[36]、〈疼〉[37]等篇章,寫無錢無權之人,對自

---

32 許達然:〈論介入文學〉,《新地文學》1卷1期(2007年9月),頁9-40。
33 許達然:〈山河草〉,《土》,頁3-6。
34 許達然:〈臨時工〉,《水邊》,頁155-157。
35 許達然:〈上街〉,《同情的理解》,頁69-71。
36 許達然:〈疊羅漢〉,《水邊》,頁35-36。
37 許達然:〈疼〉,《人行道》,頁41-43。

己的人生無從選擇，只能在有限的資源中被迫作選擇。他相信臺灣人活著就要選擇，選擇也是奮鬥，人應該拒絕作弱者；臺灣人會選擇當勇士，選擇清醒，選擇勇敢和民主。他的散文分析工業化社會中，機器逐步代替人力，看似使人類生活方便輕鬆，思考卻逐漸僵化。科學已經進步到迷信，任何事物都依賴機器，改變了農耕的生活方式，人與人之間的距離也隨著科學進步而愈來愈遠。社會分工不一定公平，受剝削的往往是對社會貢獻最多的工作者。付出努力的人，卻比機器更機械。個人主義的時代，許達然用冷靜的眼光，看待人類在量化的計算中，忽略奉獻的本質。他善於辨析科學發展對人與文化造成的衝擊，科學造出工具，卻也把人當成工具。文化的流失、人心的轉變，人存活的恐懼，是政治與科學帶來的恐懼。人在市場的交易機制中，不得不依賴消費，藉此獲得物質，可是付出的代價是失去自我。作家關懷並參與社會，批判資本主義對人心與人性、對土地與自然的傷害。資本主義的生產關係，物質的發展讓人也物化了，人發明機器反而被機器吞噬。批判的目的是奮鬥，作家的筆帶著讀者看出生產關係和政治制度的問題，希望讓讀者知道文明發展伴隨而來的是自然生態的破壞。散文肩負了文化批判的責任，根植本土，肯定人的尊嚴與生存價值。

　　散文中的對話，能塑造簡短的情節，許達然以此引導讀者。他以詩寫散文，融合寓言的技巧，擷取對話，以小人物的視角訴說農村面臨的衝擊，以及人心與人性的質變。〈夜

歸〉[38]中的阿祥將土地賣掉,建商準備投資蓋樓房。阿祥認為自己已經不如一隻小鳥,鳥還可以選擇自己喜歡的樹築巢,他的土地上已經建造了新房子,但他卻連租都租不起。阿祥和「我」的對話中,質疑歷史只記錄了前人的錯誤和智慧,與書為伍有何意義?「我」從阿祥身上,看到了書本和歷史沒有告訴我們的事。〈蕃薯花〉敘述一位販售烤蕃薯的老人和顧客的對話,從味覺到視覺,討論起蕃薯和臺灣人的歷史。蕃薯1602年「渡海來臺」,早已臺灣化的蕃薯,適應了這美麗的土地,具體的和抽象的蕃薯,都和臺灣相似。作者引伸蕃薯的特質,歌頌臺灣人在困阨的環境中生長,深植於土地上,為了活下去,根就入土更深。從吃蕃薯的小事延伸到臺灣人與蕃薯的相似,鋪陳的小故事隱喻著許達然凝望家鄉的眷戀之情。郭楓認為許達然的散文富含作者對土地血脈相連的關懷、對整個臺灣關懷的取樣;許達然的筆,指控臺灣社會在外來侵略和內在剝取下的困境,批評人生的物化。他的散文有鄉土的根性,作者心靈的歸趣,在於土地和人民,真實地反映社會變化的面貌。[39]〈東門城下〉[40]也運用類似的書寫策略,以對話鋪陳東門城附近賣吃食的小生意人,因為謀生困難、無屋可住,只好在可能坍塌的城牆下搭建違章建築,暫住此處。有一天城牆塌陷,壓死了住戶,壓垮他們搬出窘困的盼望。東門城是清代的古蹟,許達然藉著

---

38 許達然:〈夜歸〉,《人行道》,頁3-5。
39 郭楓:〈人的文學與文學的人——許達然散文初探〉,《人行道》,頁5-6。
40 許達然:〈東門城下〉,《人行道》,頁47-51。

圍觀群眾之口，探討古蹟在城市中的現實意義：如果人民只是尋找遮風蔽雨的希望，城牆塌了，歷史的塵土壓在無屋可住的人身上。少年的「我」只能被警察推開，離開東門城，離開歷史現場。

　　1970年代末期以來至1980年代中期的文本中，可以發現許達然常在散文中拆解文字的形、音、義，用相關字詞延伸出更深的文化意蘊。例如〈閒〉圍繞「錢和閒」的字音開展，西洋文學和中國古典文學中，希臘人說「不閒是為了閒」，中國古代文人有時利用閒作消極的抗議。他藉此勸勉人無論如何都應該努力，文明並不是閒人所造，必須滴下汗水，培養變革的意志。[41]他用同音字衍生或者拆解詞語，鍛造繁複的藝術表現。例如「把失意攪成詩意」[42]、「有錢的藐人，他們欺人壓人還要人捧他們有仁」[43]、「我們發現現代是陷袋，人類活到現代都不願掉入陷袋」[44]這樣的技巧，造成閱讀時必須停下辨別音義的短暫停滯效果，引發讀者更多的興味，有時運用太繁複，就會略顯牽強，例如「我們也很得意我等等於電的子女，不必叫爸就乾玩，還被玩得很甘心。」[45]〈看弄獅〉[46]是論者最常探討的漢字音義諧趣文本，開篇就是「懂懂懂。攏統搶，侵同搶，統統搶；搶搶

41　許達然：〈閒〉，《吐》，頁109-123。
42　許達然：〈雨〉，《吐》，頁115。
43　許達然：〈錢〉，《吐》，頁120。
44　許達然：〈「能」給〉，《吐》，頁103。
45　許達然：〈「能」給〉，《吐》，頁102。
46　許達然：〈看弄獅〉，《土》，頁134-138。

搶。」、「攏同腔,籠同僵」都是巧妙的運用藉由舞獅反思民間藝術,希望能夠守護自己的民族傳統,穿西式的鞋子也要走自己的步履。本文多以幽默諷刺的諧音、挪用變化字義來增加散文的後現代效果,卻也偶有流於過度造作的詞語,例如試圖用「舞、武、侮」三字的變化,卻寫出「民間每年都扛著獅子上街侮侮冬,舞舞春,但愈來愈脫離鄉村」矛盾的語法與文白夾雜的特質,卻因為過多的變化而稍稍陷於文字遊戲的窠臼之中。透過方言的穿插,散文成為一種論述,論述不是只有許達然主觀意識的獨白,也是社會和歷史情境的成品。許達然在詩集《違章建築》前序中自述文學態度:「當然不是寫著玩的,要玩就不寫了。生命尋求佳句,佳句在生活與思考裡——最好可能是時代與社會的見證、想像及批判。」[47]他以詩的語言融入散文,例如〈鳥島〉:

  鳥聲無法剪貼,但可踩著散步。[48]

論者趙天儀(1935-2020)、李魁賢(1937-)等人,肯定他的詩化散文的精神層面意義,但也認為他雖然抱持對文學藝術理念的經營堅持,以語言的壓縮和意象的強化,形成風格特色,卻也破壞文字的清晰統一。[49]他對自己使用的語言有信心,增強創作介入文學的使命感。正如同他自己所言,介入

---

47 許達然:《違章建築》(臺北:笠詩刊社,1986年)。
48 許達然:〈鳥島〉,《同情的理解》,頁115-118。
49 許達然、趙天儀、李魁賢等人:〈許達然詩與散文討論會〉,《文學界》11期(1984年8月),頁4-20。

文學作品是表達對社會的關懷和責任，對人間現實的投入，寫作者對存在和社會負責，堅持信念和立場。

〈失去的森林〉[50]曾經被收錄於教科書，所以許達然也成為知名的「課本裡的作家」。散文以動物為題材，比喻人類的處境，例如1970年代末期創作的〈森林〉[51]、〈牛墟〉[52]、〈無地〉[53]等。情節較為完整的是〈鴨〉[54]，養鴨謀生的男子，眼見農村遭到工業侵略，河川汙染，連養鴨都成問題；鴨子被人宰了人並不是恨鴨，卻宰了鴨，人不敢吃自己所恨的，因為沒有能力反抗，只好離開鄉村到都市做工，但是絕不忍受欺壓。又如〈戮〉[55]，溫馴的鹿不得已必須不斷逃竄躲避，驚惶的鹿，指涉著受到漢人侵擾的原住民；「鹿／戮」諧音，諷刺居住在平地的漢人自恃身為「文明人」，掠奪原住民的自然資源。1980年代中期許達然曾返臺居住一段時間，回到美國之後的散文創作，更常用動物比喻人類的處境。例如〈駱駝和山羊〉[56]、〈採訪〉[57]、〈搾〉[58]、〈寵物〉[59]、〈鹿苑故事〉[60]等，動物生長在自然之中，卻因為人類的工業發展

---

50 許達然：〈失去的森林〉，《土》，頁33-38。
51 許達然：〈森林〉，《水邊》，頁137-139。
52 許達然：〈牛墟〉，《水邊》，頁53-57。
53 許達然：〈無地〉，《水邊》，頁113-116。
54 許達然：〈鴨〉，《土》，頁130-132。
55 許達然：〈戮〉，《土》，頁103-107。
56 許達然：〈駱駝和山羊〉，《同情的理解》，頁101-102。
57 許達然：〈採訪〉，《同情的理解》，頁110-112。
58 許達然：〈搾〉，《同情的理解》，頁113-114。
59 許達然：〈寵物〉，《同情的理解》，頁122-124。
60 許達然：〈鹿苑故事〉，《同情的理解》，頁93-94。

和經濟需求，對大自然的過度破壞，動物的生存受到威脅。被壓迫的動物失去了家園，失去了性命，正如同被壓迫的弱勢者或少數族群的遭遇。動物指涉人類在社會化的過程中，失去了原本的天真情懷，增加了貪婪與自私，探討人類在異化的過程中失去身心靈自由，或者被利用後遭到拋棄的悲慘命運。

　　如果帶有評論性質的序文，也可以視為一種散文創作，那麼2010年許達然為《郭楓散文精選集》撰寫的序文，評價郭楓的散文成就，也透顯他個人在這個階段的散文理念。他認為郭楓的散文世界是對時代、社會與文化的觀察、思考及批判。他主張散文藝術應兼顧結構和語言，散文精神應與歷史和人民有關，以藝術論的手法剖析郭楓散文藝術風格的特質。[61]對照許達然創作成果，以抒情的題目、豐富的意象，挖掘嚴肅的議題，探討不正常的社會結構、不公平的社會關係，兼具藝術性與批判性。從這篇序文的美學角度，正可以印證他對於散文的文學及社會功能的期許。在質樸的描述中，展現作者的熱誠關懷與冷靜分析，融合藝術與思想。許達然的散文帶領讀者思考和批判，他的關懷從個人的呼吸轉移到社會與歷史，散文中的「我」勇於批判現實，傳遞熱情關懷臺灣的訊息。

---

61 許達然：〈郭楓散文精選集序〉，《新地文學》21世紀世界華文文學高峰會議特刊（2010年3月），頁38-49。

四 結語

　　許達然的散文書寫，從個人到社會，離開家鄉愈遠，關注的議題也愈廣闊。許達然在戰後臺灣文學史上的獨特地位，陳芳明（1947-）認為他是鄉土文學運動中受到最多矚目的散文家。他1970年代以後的文風變化，打破語法，嘗試在靜態的文字滲入泥土風味。他不純然寫鄉土，扮演冷靜旁觀的注視者，瞭望臺灣社會政治經濟的變化。他的重要，其實在進行一場寧靜的革命，對於現代主義運動以來，文字精緻化與私密化的現象，刻意反其道而行。這是臺灣散文的一枝奇筆，也是相當寂寞的孤筆。[62]張瑞芬（1962-）則將許達然與同樣出生於1940年、同樣畢業於東海大學的楊牧（王靖獻，1940-2020）作為對照座標。楊、許兩人一生所走的的文學軌跡是反向的精神道路。許達然是戰後以社會主義、人道關懷，和余光中（1928-2017）、楊牧式抒情美文分闢蹊徑的領導者，吳晟（1944-）、陳列（1946-）、蕭蕭（1947-）等人繼之，再晚一點才是阿盛（1950-）、林雙不（1950-）等人。[63]許達然散文藝術風格在《含淚的微笑》與《遠方》時期，抒情意味濃厚，在玄想中帶有哲理的思考。筆者認為《土》之後的散文藝術風格，從個人情思的書寫轉變到關懷臺灣社會與人文現象，展現書寫策略的蛻變與創新。早期的

---

62 陳芳明：〈第二十章　1970年代臺灣文學的延伸與轉化〉，《臺灣新文學史》（臺北：聯經出版事業公司，2011年），頁576-577。

63 張瑞芬：〈沉默的吐露者——許達然的社會關懷與文學〉，收入應鳳凰編：《許達然散文精選集》，頁358-377。

抒情風格,逐漸趨向於真摯的質樸文風。作者以尊重和愛,為家鄉人民的生活做見證。中後期的散文彈性改造運用六書的法則,駕馭文字,鍛造出許多嶄新的雙關語,語言的形式濃縮,意境更加廣闊。對照他大學時代寫下的〈自畫像〉和2001年已是資深學者時受訪的說法,可以發現他經過了多年的學術訓練與實踐,歷史是一種解釋,文學和歷史可以連在一起,歷史不是絕對的,主觀的成分很高。他要在冷酷的人間吹成一股熱風,秉持著一貫的文學信仰,堅信社會意識可以滋潤人性,用文學介入社會,不為名利而寫,不攀附權勢,要堅持立場。[64]他相信文藝的力量,筆下的「我」以冷靜的語言、熱情的心靈看待外在世界的變遷,透顯創作對群體的責任感。許達然近年散文創作較少,期待他能夠繼續為讀者、為他所愛的臺灣,創作更多精彩的篇章。

---

64 應鳳凰:〈星與土與吐——素描許達然〉,《鹽分地帶文學》7期(2006年12月),頁140-149。

參考文獻

一　文本

呂興昌、陳昌明、林瑞明、張德本編選：《懷念的風景》，臺南：臺南市立文化中心，1997年。

許達然：《含淚的微笑》，臺北：遠景出版事業公司，1978年。此書1961年由臺北野風出版社初版，因無法尋得，本文引用遠景版。

許達然：《遠方》，高雄：大業書店，1965年。

許達然：《土》，臺北：遠景出版事業公司，1979年。

許達然：《吐》，臺北：林白出版社，1984年。

許達然：《人行道》，臺北：新地文學出版社，1985年。

許達然：《水邊》，臺北：洪範書店，1984年。

許達然：《違章建築》，臺北：笠詩刊社，1986年。

許達然著，王晉民、莫文徵編選：《芝加哥的畢加索》，南寧：廣西人民出版社，1986年。

許達然：《遠近集》，北京：中國友誼出版公司，1988年。

許達然：《藝術家前》，北京：中國文聯出版社，1989年。

許達然編：《臺灣當代散文精選（1945-1988）I》，臺北：新地文學出版社，1990年。

許達然編：《臺灣當代散文精選（1945-1988）II》，臺北：新地文學出版社，1990年。

許達然：《同情的理解》，臺北：新地文學出版社，1991年。

許達然:《為眾生的悲心》,濟南:青島出版社,2013年。
葉笛編選:《許達然集》,臺南:國家臺灣文學館,2009年。
應鳳凰編:《許達然散文精選集》,臺北:前衛出版社,2011年。

二　評論

方　瑜:〈孤獨者的素描冊〉,《中國時報》第23版,2002年3月24日。

王韶君:〈剖析現實的層理:論許達然散文中的人間表象〉,臺北:臺北教育大學臺文所第二屆研究生研討會論文,2005年5月。

本　刊:〈文學與政治的歧途——訪許達然先生談臺灣現代文學〉,《春風》1期(1984年4月),頁10-19。

羊子喬:〈談散文的意象:試評許達然散文集「土」〉,《書評書目》91期(1980年11月1日),頁60。

李　源:〈一首現代社會的悲愴曲——評許達然的散文(上)〉,《臺灣文藝》113期(1988年7月),頁97-103。

李　源:〈一首現代社會的悲愴曲——評許達然的散文(下)〉,《臺灣文藝》113期(1988年9月),頁83-93。

李癸雲:〈與書為伍的生命——談許達然的文學歷程與散文特色〉,《明道文藝》302期(2001年5月),頁155-161。

李玉春:《許達然文學觀及其文學表現》,臺北:國立臺灣師範大學國文學系在職進修碩士論文,2005年。

李敏勇：〈在不是詩的社會寫社會的詩——散文家也是詩人的許達然（1940-）〉，文訊394期（2018年8月），頁22-28。

林美貞：《郭楓、許達然與《新地文學》》，臺中：逢甲大學中國文學所碩士論文，2009年。

范銘如：《文學地理：臺灣小說的空間閱讀》，臺北：麥田出版公司，2008年。

陳淑貞：《許達然散文研究》，臺北：臺北縣文化局，2006年。

陳芳明：《臺灣新文學史》，臺北：聯經出版事業公司，2011年。

莊紫蓉：《面對作家：臺灣文學家訪談錄》，臺北：吳三連史料基金會，2007年。

許達然：〈感到、趕到、敢到——散談我們的散文〉，《中外文學》6卷1期（1977年6月），頁185-191。

許達然、趙天儀、李魁賢等人：〈許達然詩與散文討論會〉，《文學界》11期（1984年8月），頁4-20。

許達然：〈臺灣的文學和歷史（下）〉，《臺灣文藝》114期（1988年11-12月），頁78-93。

許達然：〈臺灣的文學與歷史〉，《新地文學》1期（1990年4月），頁6-31。

許達然：〈論介入文學〉，《新地文學》1期（2007年9月），頁9-40。

許達然：〈葉笛的文學事業〉，《新地文學》5期（2008年9月），頁205-232。

許達然：〈郭楓散文精選集序〉，《新地文學》21世紀世界華文文學高峰會議特刊（2010年3月），頁38-49。

楊　渡：〈冷箭與投槍──讀許達然散文的隨想〉，《臺灣文藝》95期（1985年7月），頁51-60。

楊錦郁：〈晶瑩的鏡，默看喧騰〉，《聯合報》第30版，2002年1月21日。

廖玉蕙：《打開作家的瓶中稿》，臺北：九歌出版社，2004年。

應鳳凰：〈星與土與吐──素描許達然〉，《鹽分地帶文學》7期（2006年12月），頁140-149。

羅秀菊：〈同情的理解──我對許達然散文的理解〉，《臺灣文藝》155期（1996年6月），頁47-52。

本文發表於應鳳凰編選：《臺灣現當代作家研究資料彙編96：許達然》（臺南：國立臺灣文學館）。

文學研究叢書・現代文學叢刊 0806012

遙遠的交談
——現代中文文學研究論叢

作　　者	李京珮	
責任編輯	林婉菁	
特約校稿	林秋芬	
發 行 人	林慶彰	
總 經 理	梁錦興	
總 編 輯	張晏瑞	
編 輯 所	萬卷樓圖書(股)公司	
排　　版	林曉敏	
印　　刷	百通科技(股)公司	
封面設計	陳薈茗	

發　　行　萬卷樓圖書(股)公司
臺北市羅斯福路二段 41 號 6 樓之 3
電話　(02)23216565
傳真　(02)23218698
電郵　SERVICE@WANJUAN.COM.TW
香港經銷
香港聯合書刊物流有限公司
電話　(852)21502100
傳真　(852)23560735

ISBN 978-626-386-147-3
2025 年 1 月初版
定價：新臺幣 280 元

如何購買本書：
1. 劃撥購書，請透過以下帳號
   帳號：15624015
   戶名：萬卷樓圖書股份有限公司
2. 轉帳購書，請透過以下帳戶
   合作金庫銀行　古亭分行
   戶名：萬卷樓圖書股份有限公司
   帳號：0877717092596
3. 網路購書，請透過萬卷樓網站
   網址　WWW.WANJUAN.COM.TW
大量購書，請直接聯繫，將有專人為您服務。(02)23216565 分機 610
如有缺頁、破損或裝訂錯誤，請寄回更換
版權所有・翻印必究
Copyright©2025 by WanJuanLou Books CO., Ltd. All Rights Reserved
Printed in Taiwan

國家圖書館出版品預行編目資料

遙遠的交談：現代中文文學研究論叢/
李京珮著. -- 初版. -- 臺北市：萬卷樓
圖書股份有限公司, 2025.01
面；公分
ISBN 978-626-386-147-3(平裝)
1.CST: 現代文學　2.CST: 文學評論
3.CST: 文集
810.7　　　　　　　　　　113010979